돈까스를 쫓는 모험

돈까스를 쫓는 모험

이건우 지음

푸른숲

일러두기

· '돈가스(豚[とん]カツ)'는 국립국어원의 규범 표기를 따르면 '돈가스'라고 써야 하지만, 이 책에서는 일상적으로 널리 쓰이는 발음을 고려해 한국식은 '돈까스'로, 일본식은 때에 따라 '돈카츠'로 표기했습니다. 이외에도 일부 음식 이름의 표기는 주로 쓰는 발음으로 말맛을 살리는 데에 중점을 두고 표기했습니다.

· 이 책에 소개된 가게의 메뉴 이름 또한 가게에서 쓰는 이름을 그대로 따랐습니다.

· 단행본이나 장편 소설은 『 』, 단편 소설은 「 」, 신문·잡지는 《 》, 텔레비전 프로그램·게임·노랫말은 〈 〉로 표기했습니다.

· 이 책에 소개된 가게의 영업 정보는 2022년 10월까지 취재한 내용을 기준으로 하고 있습니다. 가게 사정에 따라 운영시간이나 가격 등이 변동될 수 있으니, 방문 전 한 번 더 확인하시기 바랍니다.

나는 왜 하필 돈까스일까?

"만일 죽을 때까지 한 가지 음식만 먹어야 한다면 무엇을 고르시겠습니까?"

이런 질문에 '나라면 무엇을 고를까?' 생각해본 경험이 누구나 한 번 정도는 있으리라. 자신이 가장 좋아하는 음식을 선뜻 말하는 사람이 있는가 하면, 평생 먹어야 하니 건강을 생각하거나 또 조리 간편성이나 비용까지 꼼꼼하게 따져 고르는 사람도 있다. 하지만 누구든 마음속에 좋아하는 음식 하나 품고 살지 않는 사람은 거의 없으리라.

내가 같은 질문을 받는다면 '돈까스'라고 답할 것이다. 누군가는 '평생 먹어야 할 한 가지 음식이 돈까스라고?', '최후의 순간에 고작 돈까스를 먹겠다고?'라며 어처구니없이 여길 수도 있겠다. 그런 반응을 이해 못하진 않는다. 돈까스는 어쩐지 '고작'이나 '겨우' 같은 부사와 어울릴 만큼 흔한디흔한 음식이니까. 그렇다면 나는 왜 하필 돈까스일까?

우선 돈까스는 친숙하다. 주변에서 쉽게 찾을 수 있는 음식이며 귀찮음만 극복한다면 집에서도 간편하게 해 먹을 수 있다. 또 돈까스는 다양하다. 같은 '돈까스'라는 이름으로 묶어 부르지만, 50가지 돈까스를 먹으면 그 그림자가 모두 다르다. 그리고 돈까스는 재미있다. 전 세계 많은 나라에 비슷한 형태의 음식이 있고, 돌고 돌아 서로 영향을 주고받으며 지금의 돈까스가 되었다. 마지막으로, 무엇보다 돈까스는 맛있다.

이런 이유로 돈까스 한 가지만 꾸준히 먹으며 블로그에 기록을 남기다 보니 어느새 이렇게 책을 내기에 이르렀다. 블로그에서는 주로 돈까스 자체에 집중하여 글을 썼지만, 이 책에서는 돈까스 가게 소개뿐만 아니라 블로그에서 다루지 않았던 음식 문화와 음식에 얽힌 언어적 지식, 뒷이야기 등을 함께 풀어내는 데 중점을 두었다.

이 책에서 소개한 돈까스 가게 29곳은 내가 다녀온 수많은 돈까스 가게 중에서도 맛, 접객, 추억을 불러일으키는 분위기 등 어떤 측면에서라도 소개할 만한 요소가 있는 가게를 추려낸 곳들이다. 독자 중에서는 돈까스 좀 먹어봤다면 아실 만한 곳도 있고, 어쩌면 이 책에서 처음 접하실 곳도 있을 것이다. 모쪼록 여러분의 돈까스 탐방에 도움이 될 수 있기를 바란다. 책에 싣지 못한 돈까스 중에도 맛있는 돈까스가 정말 많으니, 각자 자신만의 모험을 떠나면 훨씬 즐거운 일이 될 것이다.

끝으로 책이 나오기까지 물심양면으로 힘써주신 많은 분들께 감사드린다. 특히 보잘것없는 글을 매끄럽게 매만져주신 푸른숲 출판사의 김유진 편집자와, 항상 조언을 아끼지 않으시는 김교석 편집장님께 깊은 감사의 말씀을 드린다. 한 분 한 분 다 싣지 못하지만, 항상 응원해주는 친구들과 가족, 또 내 블로그를 사랑해주시는 많은 분들 덕에 책이 무사히 나올 수 있었다. 진심으로 감사드린다. 부족한 글솜씨지만 여러분의 즐거운 식도락에 조금이나마 보탬이 될 수 있다면 더할 나위 없으리라.

2022년 10월
이건우

차례

먼 기억 속의
노스탤지어

Spot 한아름
Menu 폭팔메산

야구에서 맨 처음 타석에 서는 1번 타자를 흔히 톱타자라고 한다. 1이라는 숫자가 가장 뛰어난 사람이나 자리를 뜻하는 일이 무척 많지만, 야구에서 1번 타자는 가장 안타를 잘 치거나 홈런을 많이 치는 타자는 아니다. 물론 그렇다고 해서 1번 타자가 중요하지 않은 것은 결코 아니다. 어떻게든 살아나가 공격의 물꼬를 트고, 상대 투수와 수비진을 교란시키는 돌격대의 임무를 맡고 있기 때문이다.

야구에서 1번 타자처럼, 『돈까스를 쫓는 모험』의 처음을 장식할 첫 주자는 어디가 좋을까? 수백 곳이 넘는 가게를 다니며 저마다 개성을 뽐내는 돈까스를 무수히 만나왔지만, 의외로 결정하기는 쉬웠다. 내 마음의 영원한 노스탤지어, '한아름'이야말로 모험의 선봉에 세우기에 부족함이 없으리라.

1986년부터 명맥을 이어왔다는 한아름은 한성대학교

와 인근 한성중고교를 다닌 사람이라면 대부분 아는 가게다. 처음 개업 당시의 모습을 본 적은 없기에 외관과 내부 모습이 얼마나 많이 바뀌었는지는 알 수 없지만, 몇 가지 요소에서 30년 이상 영업해온 베테랑의 면모를 엿볼 수 있다. 묵직한 메뉴판을 받아 들고 펼치는 순간 나도 모르게 나지막한 탄성이 터진다. 그래, 바로 이거지!

지금이야 뭉뚱그려 '양식'이라고 정의하기가 도저히 불가능할 만큼 각국의 다양한 음식을 맛볼 수 있지만, 그때 그 시절, 밖에서 칼질이라도 하려면 유일한 선택지는 경양식집뿐이었다. 짜장면과 짬뽕을 파는 중국집, 설렁탕을 파는 국밥집과 달리 경양식집은 레스토랑이라며 메뉴판부터 달랐다. 고급스러운 검은색 하드커버에 "양식"이라고 당당하게 적힌 한아름의 메뉴판은 먼 기억 속 어딘가에 흔적 기관처럼 존재하던 경양식집의 추억을 또렷하게 되살린다.

메뉴판 맨 윗자리를 차지한 함박스테이크에 이어 두 번째 메뉴인 비프까스를 그냥 지나치지 못한다. 왠지 비프까스는 '비후까스'로 적어야 할 듯한 그런 기분 때문이다. 돈까스를 비롯한 경양식이 일본을 통해 전해졌다는 강력한 증거 중 하나가 바로 이 비후까스인데, 일본어는 영어의 [f] 발음을 하(は/ハ)행의 후(フ)로 적기 때문이다. 우리말 속 일본어 잔재를 청산해

나가면서 이제는 외래어 표기법에 따라 [f] 발음을 대개 피읖(ㅍ)으로 쓰고 있지만, 롯데월드의 트레이드마크인 롤러코스터 '후렌치레볼루션'이나, 일상에서 '파이팅(fighting)' 대신 빈번하게 쓰는 '화이팅' 같은 단어에서 여전히 그 흔적을 찾아볼 수 있다. 사실 비프(beef)가 맞는 표기이니 그 자체로는 문제가 되지 않는다. 다만 그 뒤에 오는 단어가 커틀릿이나 스튜였다면 전혀 어색하지 않았을 텐데, 하필 커틀릿을 일본식으로 발음한 카츠레츠를 다시 줄여 한국식으로 발음한 까스이기에 신경이 쓰인다(돈까스의 어원에 대해서는 뒤에 나올 '역촌왕돈까스' 편에서 자세히 이야기하겠다). 마치 티셔츠와 바지의 '깔맞춤'에 실패한 어색한 복장 같달까?

가까스로 비프까스를 넘어가면 드디어 주인공이 등장한다. 세 번째 줄에서야 주인공이 등장하는 이 상황이 또 아이러니하다. 속된 말로 '쌈마이 하다'는 말을 들어본 적 있을 것이다. 쌈마이 역시 일본어에서 온 말로 '세 번째 장'이라는 뜻의 '산마이메(三枚目)'에서 유래했다. 일본 전통극 가부키에서는 배우의 이름을 간판에 올려 소개하는데, 우스꽝스러운 연기를 맡은 배우가 세 번째 장에 소개되기에 산마이메라는 말이 익살꾼을 뜻하는 단어로 널리 쓰이게 되었다. 이 말이 우리나라로 흘러들어와서는 '조잡한 삼류 혹은 그런 분위기'를 뜻하게 된 것이다. 하지만 한아름의 주인공은 통상적인 첫 번째가 아닌 세 번째에 등장하여 허를 찌른다. 이름부터 위용이 넘치는 '폭팔메산'이 바로 오늘의 주인공이다.

　　메뉴 설명을 읽기 전에는 언뜻 감이 오지 않는다. 폭발과 발음이 비슷해서 아예 '폭발메산'으로 부르는 사람도 적지 않다. 나는 처음 이 메뉴 이름을 들었을 때 폼페이 화산이 폭발하는 듯 강렬한 이미지가 떠올랐다. 이름만으로는 많은 손님들이 어떤 음식인지 영문을 모를 터, 친절하게 설명을 달아두었다. "이탈리아 팔메산 지방의 특산요리로 돼지고기 튀김 위에 야채소스와 치즈를 얹은 요리." 그렇다, 폭발과는 아무런 상관이 없는 '포크 파르메산(pork Parmesan)'이 폭팔메산의 정체다. 그런데 엄밀히 따지고 들면 이 설명은 잘못되었다. 팔메산 즉 파르메산은 이탈리아 파르마에서 나는 치즈를 부를 때 쓰는 단어다. 지금도 피자집에 가면 흔히 볼 수 있는 녹색 원통에 든 치즈 가루(실은 옥수숫가루가 잔뜩 든 가공 치즈)를 흔히 파마산 치즈라고 하는데 바로 그 파마산이 파르메산이다. 그러므로 정확히 말하자면 '파르마 지방의 특산요리'라 해야 한다.

　　이쯤 되면 궁금해진다. 파르마가 유명하지 않은 지역은 아니지만 다른 이탈리아의 도시인 로마, 베네치아, 밀라노, 피렌체 등에 비하면 그 이름이 조금은 낮다는 느낌이 드는데, 하필 파르마 특산요리가 한국의 작은 경양식집까지 전해져 뿌리를 내린 데에는 어떠한 사연이 있었을까? 주문 후 이런저런 생각을 하는 동안 속속 들어오는 손님 대부분이 폭팔메산을 주문한다. 아무래도 번지수를 제대로 찾아온 듯하다.

잠시 후 경양식집 절차에 맞게 수프가 나온다. 익숙한 그 회사의 '스프(원래는 수프로 써야 맞지만 여기에는 '스프'라는 말이 더 어울릴 것 같다)' 맛이다. 별다를 게 없는, 누구나 예상할 수 있는 맛이지만, 또 이런 형식의 돈까스에는 이 수프가 빠지면 왠지 섭섭하다. 수프를 내면서 점원이 직접 식기를 테이블에 깔아주는 점 역시 좋다. 비록 냅킨 자체는 저렴한 제품이나 손수 포크와 나이프를 가지런히 세팅해주니 얼마 되지 않는 음식값에 비해 환대를 받는 기분이 든다.

수프를 비우고 잠시 기다리니 음식이 나온다. 아…! 메뉴판에서 뿌렸던 '떡밥' 회수를 이렇게 절묘하게 하다니. 주인공인 폭팔메산이 쌈마이 그 자체 아닌가! 쌈마이랄까, 키치랄까. 하지만 모두 긍정적인 의미로 그렇다. 분위기 잡고 젠체하는 서로 엇비슷한 경양식 돈까스들과 달리, 쌈마이 하지만 예전 모습을 그대로 담고 있다. 경양식은 사실 맛보다는 형식이 중요한데, 왕돈까스가 득세하며 원플레이트 음식이 되어버린 돈까스에서는 찾아보기 힘든 접시 밥, 샐러드와 섞이지 않도록 작은 은박 접시에 따로 담은 옥수수까지, 메뉴판과 접객을 포함해 옛 경양식집의 디테일이 그대로 살아 있다. 시공간이 뒤틀려 80년대의 한 레스토랑에 앉아 있는 것만 같다.

이곳은 '로컬라이징'도 기가 막히다. 그런데 문득 궁금해진다. 설마 포크 파르메산의 본고장에서도 한아름의 폭발메산처럼 한국식 체더치즈를 올리고 떡볶이를 가니시로 곁들이지는 않겠지? 인터넷 검색창에 'pork Parmesan'으로 검색해본다. 오, 눈앞의 음식과 아예 다른 모습은 아니다. 검색한 결과로 나온 사진을 보면 짐짓 내가 지금 먹고 있는 음식과 형식이 닮은 요리가 많이 나온다. 물론 치즈는 훨씬 이탈리아 본고장스러운 치즈다. 하지만 한아름의 폭팔메산에 고급 파스타에 쓸 법한 파르미지아노 레지아노를 올리면 더 맛있을까? 잘 어울릴까? 제각기 잘 맞는 짝은 따로 있는 법. 한아름의 폭팔메산에는 우리에게 친숙한 살구색 치즈가 제격이다.

얇은 고기를 바삭하게 튀겨내어 새콤달콤한 소스를 뿌리고 치즈를 얹어 녹여낸다. 아주 뻔하고 익숙하지만 맛있을 수밖에 없는 조합이다. 마치 90년대 NBA 유타재즈의 존 스톡턴과 칼 멀론 콤비가 하던 매번 똑같은 픽앤드롤 플레이(pick and roll play)처럼, 예상 가능하지만 순식간에 나를 지배하는 이 맛에 눈 뜬 채로 오감을 내주고야 만다. 이미 음식이 나오는 순간 시선을 강탈당하며 솔솔 올라오는 향긋한 냄새의 포로가 된 상태에서 돈까스를 한 입 베어 무는 찰나에 절정을 이룬다. 눅진한 치즈가 입술을 부드럽게 스쳐 지나가고, 튀김옷의 바삭한 소리와 촉감을 귀와 혀에서 동시에 느끼면, 비로소 새콤달콤 고소함이 입안에서 퍼져나간다. 아아, 이곳은 어디인가. 80년대 서울의 한 레스토랑일까? 아니면 가본 적조차 없는 파르마의 대를 이어 명맥을 지켜온 오스테리아(와인이나 간단한 음식을 파는 식당)일까?

　　너무나도 만족스러운 한 끼를 먹고 나와서 가게를 바라본다. 이탈리아 국기를 상징하는 삼색이 어우러져 있는 외관, 이조차도 (긍정적인 의미로) 쌈마이의 극치다. 외식의 즐거움은 음식의 맛만이 좌우하지 않는다. 가게에 들어서 자리를 안내받고 메뉴판을 받아드는 순간부터, 음식을 먹고 가게를 나설 때까지의 모든 경험이 시시각각 끊임없이 피드백을 주는 빅 데이터의 집합인 것이다. 이런 총체적 경험의 측면으로 봤을 때, 한아름의 폭팔메산은 한 편의 소설을 읽은 듯 완벽한 서사 구조를 지닌다. 그것도 1980년대와 2020년대, 서울과 파르마를 오가는 시공간을 초월하는 대서사시다.

　　아쉽게도 한아름은 현재 휴업 중이다. 근처 지역이 재개발에 들어가면서 가게를 잠시 닫게 되었는데, 주인장이 이참에 좀 쉬겠다는 이야기를 얼핏 전해 들었다. 이제는 가고 싶어도 갈 수 없는 아련한 기억의 장소를 가슴 한편에 간직한 채 새롭게 돈까스 모험을 떠나려는 상황까지도 소설의 한 장면처럼 느껴진다면 과하게 몰입한 걸까? 불현듯 미치도록 그곳이 가고 싶어 가슴이 뛰는 노스탤지어. 이런 감정을 느끼는 그리운 장소가 누구에게나 한 곳쯤 있을 텐데, 내게는 한아름이 언제나 마음속 영원한 노스탤지어의 일번지다.

■ 한아름

1986년부터 한성대 앞에서 자리를 지켜온 한아름. 가게 인근이 재개발 구역으로 지정되면서 2020년 3월 30일, 원래 자리에서의 마지막 영업을 끝으로 현재는 잠정 휴업 중이다.

돈까스는
한식이야

<u>Spot</u>　김권태 돈까스 백반
<u>Menu</u>　돈까스 백반

한국인은 밥에 진심이다. "밥 먹었어?"라는 말은 실제 밥을 먹었는지 묻는 말이 아니라 만났을 때 하는 인사말에 가까우며, "언제 밥이나 한번 먹자"는 헤어질 때 하는 말과 다름없다. 한국 문화에 익숙하지 않은 외국인들은 이런 인사말을 문자 그대로 해석하여 종종 오해가 생기는 일도 있다. 진짜 밥을 먹자는 뜻으로 이해하고 약속 시간을 잡으려 한다거나 '왜 언제 보자는 이야기를 하지 않지?' 하며 끙끙 앓는다는 것이다.

우리는 밥으로 시작해서 밥으로 끝나는 민족이라서 거하게 고기를 한 판 먹고 나서도 볶음밥으로 마무리하지 않으면 성이 차지 않는다. 어디 그뿐이랴. 어르신들께서 아침 먹었냐고 묻는 말에 샌드위치 먹었다고 하면 십중팔구 "에이, 밥을 먹어야지…"라고 하신다. 아무리 거창한 식사를 했다 하더라도 밥을 먹지 않았다면 그건 문자 그대로 밥을 먹지 않은 것이다. 이처럼 한국인과 밥은 떼려야 뗄 수 없는 관계처럼 보인다.

그렇다면 돈까스는 과연 '밥'으로 인정받을 수 있을까? 돈까스의 원형이라고 할 수 있는 커틀릿은 아마도 밥으로 쳐주지 않을 것 같다. 감자와 돼지고기 튀김으로는 밥 예찬론자들의 마음을 사로잡을 수 없다. 한국식 돈까스는 사정이 좀 낫다. 한국식인 만큼 밥이 같이 나오기 때문이다. 하지만 한국식 돈까스에서 주류를 이루고 있는 양대 산맥, 왕돈까스와 경양식 돈까스 모두 밥은 그저 거들 뿐이다. 밥 한 공기 양을 보수적으로 잡아 200g으로 친다 해도, 왕돈까스나 경양식 돈까스에 딸려 나오는 밥은 ⅓공기를 넘지 않는다. 물론 더 달라면 더 주는 가게가 많겠지만 기본으로 나가는 양이 그 정도라는 말은, 원래 1인분 차림을 그렇게 상정하고 있다는 뜻이다. 아무래도 '밥'으로는 부족하다.

위에서 한국식 돈까스를 양분하는 두 유파로 왕돈까스와 경양식 돈까스를 이야기했다. 분명 누군가는 동의하지 않을 것이다. '아니, 한국인이면 밥을 먹어야지, 밥은 새 모이만큼 주면서 포크와 나이프를 쓰는 게 한국식 돈까스라고?' 왠지 밥 예찬론자 중에서도 척사파에 속할 법한 사람들이 꾸짖는 소리가 귓전을 때리는 듯하다. 그런데 강경한 밥 예찬론자도 환호할 만한 돈까스 가게가 있다. 이름에서부터 정체성이 뚜렷이 드러나는 가게, 광화문에 자리 잡은 김권태 돈까스 백반이다.

사실 한국식 돈까스에는 왕돈까스와 경양식 돈까스만 있는 것은 아니다. 돈까스에 그다지 관심 없는 사람들은 두 가지를 적당히 섞어 쓰는데, 뿌리를 생각해보면 확연히 다르다. 주로 기사식당에서 발전한 게 왕돈까스라면, 레스토랑에서 발전한 게 경양식 돈까스다. 다음으로 이 두 유파보다는 세력이 약하지만 분식집에서 발전한 분식 돈까스가 있다. 대개 저렴하고 시판용 돈까스를 쓴다는 점이 특징이라 하겠다. 마지막으로 돈까스에 밥을 곁들이는 형태가 아니라 밥반찬 중 하나로 돈까스가 나오는 백반 돈까스가 있다. 여기서 소개하려는 '김권태 돈까스 백반'이 여기에 속한다.

가게가 결코 작지 않은데도 점심시간에는 직장인들이 줄을 서서 먹는 가게다. 그 때문인지 혼자 온 손님을 아예 안 받지는 않지만 혼자 온 손님은 1시 이후부터 식사가 가능하다고 안내하고 있다. 점심에 비해 저녁 시간에는 확실히 여유가 있는 편이니 특히 '혼돈(chaos가 아니라 '혼자 돈까스'의 줄임말이다)'을 즐기는 사람이라면 저녁때에 가자. 무엇을 먹을지 근심하지 마라. 메뉴는 단 하나, 돈까스 백반뿐이다.

나도 메뉴가 단 하나뿐인 식당을 운영한 적이 있다. 점심시간 세 시간 동안만 열고, 메뉴는 카레 하나뿐인 작은 가게였다. 다른 선택지가 전혀 없는 데다가 카레집에서는 흔한 맵기 조절도 할 수 없었기에 손님이 보기에는 불친절한 가게였을 수도 있다. 그런데 시간에 쫓기는 직장인 손님이 많아서인지, 여러 선택지 없이 주문만 하면 금방 나오는 운영 방식을 좋아하는 사람도 꽤 있었다. 이런 식당의 단골손님들은 가게 문을 열고 들어오는 순간 외친다. "세 명이요!" 어차피 메뉴는 하나뿐이니 몇 명인지만 말하면 되고 익숙해지면 서로 편하다. 이곳 김권태 돈까스 백반도 마찬가지다. 가게에 들어서면 직원이 인원수를 묻고 그대로 조리에 들어간다. 성미 급한 한국인에게 특화된 효율적인 시스템이랄까?

손님이 적은 시간대인지 직원은 단 두 명뿐. 주문과 동시에 자신이 맡은 임무를 척척 수행해나간다. 조리를 맡은 분이 가장 중요한 반찬인 돈까스와 찌개를 준비하는 동안, 서빙을 맡은 분은 국과 기본 찬을 나른다. 일반적인 돈까스라면 돈까스에 상당히 치중되어 있기 때문에 상대적으로 국과 반찬은 구색만 맞출 뿐이지만 백반은 가짓수부터 다르다. 으레 한국식 돈까스라면 수프, 일본식 돈까스라면 미소된장국 혹은 우동 국물이 기본으로 곁들여 나오는 반면, 이곳에서는 미역국이 나오니 정녕 밥을 먹으러 온 느낌이 든달까. 여기에 된장찌개까지 따로 나오니 풍성한 차림이 아닐 수 없다.

이윽고 오늘의 듀오인 돈까스와 된장찌개가 무대에 오른다. 등장함과 동시에 강렬한 존재감으로 시선을 빼앗는다. 소스에 버무린 푸짐한 돈까스 세 덩어리. 그런데 연갈색 소스 사이로 희끗희끗 보이는 것은 도대체 무엇이지? 살펴보니, 놀랍게도 두부다! 누구나 알고 있는 흔한 식재료이지만 돈까스와 같이 나오는 사례가 거의 없어서 바로 알아채지 못한 것. 돈까스에 두부라니, 과연 무슨 생각일까?

소스에 풍덩 담그다시피 한 돈까스는 그만큼 바삭함은 줄어들었지만 풍미는 좋다. 이 소스가 또 여간내기가 아니다. 첫인상은 미트볼에 곁들이는 그레이비소스 같다. 그레이비소스는 소뼈를 고듯이 오랜 시간 끓여 만든 소스로 구수하고 깊은 맛이 일품인데, 눈앞에 있는 이 소스는 겉모습과 달리 훨씬 산뜻하고 가벼운 느낌이 강하다. 뭉근한 소스에서 희미하게 피어오르는 사과 향. 결국 궁금증을 이기지 못하고 물어보았다. 역시나 채소와 사과를 위주로 만든 소스라고 한다. 이렇다 보니 돈까스에서는 자극적인 맛이 전혀 나지 않는다. 단조로움을 피하기 위해서 고명처럼 넣은 두부조차 슴슴한 식재료가 아니던가. 돈까스만 놓고 보면 조금 심심할 수 있는 인상이지만 나머지 음식들에 된장찌개와 김치, 조미 김 등이 있다는 점을 생각해보면 전체 구성은 좋은 편이다.

나는 그리 많이 먹지 않는 편이라 이 정도 한 상이면 배불리 먹고도 남지만 양이 부족한 사람들은 더 먹을 수 있다. 놀라운 점은 반찬뿐 아니라 돈까스도 리필이 된다는 점이다. 가격이 약간 높다고 생각했는데 배부를 때까지 무한히 더 먹을 수 있다는 점을 감안하면 충분히 수긍이 된다. '이왕 먹는 밥이 부족하면 쓰나.' 주방에서 묵묵히 조리를 하는 분이 왠지 이렇게 속삭이는 듯한 기분이 든다.

경양식 돈까스라는 말에서 알 수 있듯, 지금 흔히 한국식 돈까스라 부르는 음식은 원래는 양식 범주에 속했다. 양식당의 정신을 계승하고 있는 몇몇 가게에서는 여전히 메뉴판에서도 '양식'이라는 표현을 볼 수 있다. 그런 면을 생각해봤을 때 어쩌면 진정한 한국식 돈까스는 이런 백반 돈까스가 아닐까 싶기도 하다. 우리의 영화와 음악, 드라마 등이 세계적 히트를 치며 한국어와 한국 문화에 대한 관심이 높아져가는 요즘, 돈까스 백반을 먹으며 "가장 한국적인 것이 가장 세계적인 것입니다"라는 말을 다시 한번 곱씹어본다.

■ 김권태 돈까스 백반

주소	서울 종로구 경희궁1길 5
전화번호	02-733-7339
영업시간	11:00~20:00
휴무일	토요일, 일요일
가격	돈까스 백반 18,000원(초등학생 이상) / 6,000원(미취학 어린이)

|||

호쾌한
호프 스타일

<u>Spot</u> 삼보치킨

<u>Menu</u> 생돈까스 정식

코로나 대유행 이후로는 또다시 판도가 바뀌었지만, 바로 직전까지는 그전 시대에 다녔던 여행과는 전혀 다른 스타일의 여행을 즐겼다. 실물 지도와 가이드북에 의존했던 과거와 달리, 많은 정보를 인터넷에서 직접 찾아 해결했다는 뜻이다. 그러나 너무 많은 정보에는 쓸데없는 정보, 걸러내야 할 광고 들도 따라붙는다. 누구나 경험해보지 않았을까. 외국 여행을 앞두고 인터넷에서 맛집을 검색해 찾아갔더니 손님은 대개 한국인이고 맛도 예상만큼 그리 뛰어나지 않았던 가게 말이다.

이런 과정을 거치며 각자 신뢰할 만한 정보를 얻는 루트를 개척해나가는데, 그중에서 한 축을 이루는 게 바로 '로컬' 정보라 할 수 있겠다. 로컬, 즉 현지인 혹은 동네 주민은 아무래도 외지인이나 관광객에 비해 해당 지역을 잘 알고 있을 확률이 높다. 그런데 등잔 밑이 어둡다고, 오히려 자신이 살고 있는 지역에 대해 잘 모르는 일도 많다. 애초에 오래 산 지역이 아닐 가능성도 높은 데다가, 주로 하루의 대부분을 보내는 직장이나 학교가 거주하는 동네와 먼 경우가 더 많기 때문에 정작 집 근처 식당을 비롯한 생활 정보 전반에 어두울 수 있다.

그래서 현지인 정보에 만족하지 못하는 사람들은 한 발 더 나아가 현지인보다도 더 그 지역을 잘 아는 사람들을 찾아낸다. 대표적인 그룹이 직장인이다. 특히 사용처가 공개되는 공무원이 자주 가는 식당은 아예 맛집 리스트가 만들어져 돌기도 한다. 때때로 여기에는 자신과 사적으로 관계가 있는 가게에 일부러 자주 간다는 맹점이 숨어 있기도 하지만, 매일처럼 근처에서 식사를 해결하는 사람들이 자주 가는 가게라는 점에서 대체적으로 신뢰할 만하다. 그리고 내가 믿는 또 다른 그룹이 하나 더 있다. 이른바 '연뮤덕'이라 부르는 연극과 뮤지컬을 즐기는 팬층이다.

연뮤덕들은 한 지역만 가지 않는다. 하지만 가는 지역이 대개 공연장이 위치한 몇 지역으로 한정되어 있어서 집중적으로 간다. 또한 주로 점심을 해결하는 직장인들과 달리, 공연이 끝난 저녁 혹은 뒤풀이를 위해 음식점을 찾으므로 일상적으로 때우는 끼니보다는 좀 더 '유니크 한' 곳을 선호한다. 맛집을 발굴해내기에 충분한 조건을 다 갖춘 셈이다. 나는 아무래도 돈까스를 좋아하니 돈까스 위주로 찾아보는데, 서울 종로구의 '삼보치킨' 역시 연뮤덕 리스트에서 발굴해낸 가게다.

이름이 치킨집이니 돈까스 좋아하는 사람들이 모를 만하다. 원래는 지금의 건물 지하에 있었는데, 최근에 지상 1, 2층으로 올라왔다. 멀쩡히 잘 되던 가게도 문 닫고 매장을 축소하는 코로나 시대에 확장 이전이라니, 겉으로는 알 수 없는 '어른의 사정'이 있을지도 모르겠지만 이 사실만으로도 얕볼 수 없는 가게다. 내부는 전형적인 호프집 스타일의 치킨집인데 메뉴가 참 독특하다. 삼계탕과 닭도리탕, 전기구이 통닭과 돈까스… 여느 호프집과는 확연히 다르다.

지금은 치킨 하면 프라이드치킨 아니면 튀긴 후 양념을 바른 양념치킨이 대세지만, 원래 우리나라에서 처음 유행한 형태는 전기구이 통닭이었다. 아직도 영업을 이어가고 있는 명동의 '영양센타(영양 '센터'가 아니라 '센타'다)'가 거의 시초 격이라볼 수 있는데, 60년대 초반에 개업했으니 이미 50년을 훌쩍 넘었다. 긴 막대에 닭을 통째로 꽂아 오븐에서 돌리며 굽는 전기구이 통닭은 요즘은 오히려 가게보다도 야심한 시각에 트럭에서 파는 길거리 음식으로 더 친숙하다. 돈까스가 목적이지만, 명색이 치킨집에 왔으니 그냥 넘어갈 수는 없다. 전기구이 정식과 생돈까스 정식을 한꺼번에 주문해본다.

치킨을 주메뉴로 삼는 호프집에 돈까스가 있는 풍경이 어색하지만은 않다. 돈까스는 어차피 튀김이다. 게다가 수식어 없이 치킨이라 하면 대부분 '후라이드'가 기본형이기 때문에 결국 닭튀김을 의미하는데, 치킨을 잘 튀기는 노하우를 지닌 가게가 돈까스라고 못 튀기지는 않기 때문이다. 그런데 삼보치킨은 조금 다르다. 흔한 프라이드치킨이 아니라 전기구이 통닭 그리고 삼계탕을 내므로 어차피 튀기는 김에 돈까스도 튀기는 가게랑은 사정이 다르다. 돈까스를 위해 따로 품이 든다는 뜻이다.

시작은 돈까스부터다. 일단 접시 구성부터 재미있다. 노릇노릇 잘 튀겨 고소한 향이 스멀스멀 올라오는 돈까스는 따로 말할 필요도 없다. 당연히 한국식에 가까운 돈까스인데, 처음부터 소스를 부어서 내지 않고 따로 나온다. 그대로 부어서 먹어도 되고 조금이라도 더 바삭한 튀김옷을 즐기고 싶다면 찍어 먹어도 된다. 다음으로, 처음에는 바로 알아채지 못했지만 샐러드가 엄청난 개성을 뽐낸다. 감자 샐러드, 아니 이런 음식을 가리켜 따로 부르는 용어가 있었지. 그렇다, '사라다(サラダ)'다.

외국 음식이 우리나라에 들어와서 로컬라이징 되고 한국식 발음으로 이름을 얻어 점점 생활 속에 녹아드는 사례는 흔히 볼 수 있다. 그런데 나중에 다시 그 음식의 원형에 가까운 음식이 들어오면 현지 발음에 가깝게 부르며 차별성을 둔다.

쉬운 예를 들면 돈까스도 요즘 유행하는 정통 일본식 돈까스 가게에서는 '돈카츠'라고 부르는 경우가 많다. '카레'라고 하면 한국식이나 일본식일 가능성이 높지만, '커리'라고 하면 인도나 동남아시아 혹은 서남아시아 스타일이다. 도넛은 그중에서도 가장 재미있는 사례라 할 수 있는데, '도넛'이라 하면 가운데가 뚫리거나 동그란 모양의 다디단 서양식 빵을, '도너츠'라고 하면 마트에서 살 수 있는 양산형 제품으로 퍽퍽한 느낌이 나는 원형 빵을, '도나쓰'라고 하면 대개 시장에서 파는 설탕을 묻힌 동그랗거나 배배 꼰 모양의 빵을 떠올리기 때문이다.

맞다, 사라다 이야기 중이었다. 사라다 역시 음식의 현지화를 보여주는 사례 중 하나다. 『철도원』, 『칼에 지다』 등으로 유명한 소설가 아사다 지로가 쓴 글 중에 일본의 양식을 다룬 에세이를 보면, "요즘에는 사라다라고 하면 생채소에 드레싱을 부어 먹는 음식을 주로 뜻하지만, 예전에는 마요네즈에 버무려 먹는 음식을 말했다"라는 식으로 설명하고 있다. 한국어로는 일본식 발음과 영어 발음의 표기를 달리해 그에 따라 가리키는 음식도 달라지는 반면 일본어에서는 이도 저도 다 같은 '사라다'이므로 따로 설명을 해야 하는 점이 재밌달까?

다시 삼보치킨의 사라다로 돌아가자. 이 사라다는 참 특이하다. 한국식 돈까스에 보통 가니시로 딸려 나오는 사라다를 기준으로 생각해보면 대세는 마카로니 사라다다. 그런데 삼보치킨은 소수파인 감자 사라다를 낸다. 여기서 끝이 아니다. 인터넷에서 감자 사라다를 한번 검색해보라. 감자가 덩어리를 유지하는 형태도 있지만 매시드포테이토처럼 으깬 감자로 된 사라다가 더 많다. 일본 역시 으깬 쪽이 더 많은데 삼보치킨의 사라다는 깍둑썰기 한 감자로 만들었다. 이게 더 좋다는 뜻은 아니지만 돈까스에 곁들이는 감자 사라다로는 좀처럼 만나보기 어려운 형태이다 보니 신선하게 느껴진다. 그러고 보니 이런 사라다의 기원으로 보는 러시아식 감자 샐러드인 올리비어 샐러드의 레시피를 보면 깍둑썰기 한 감자를 사용하던데, 어쩌면 원류에 가까운 사라다를 재현하려는 시도였을까도 싶다.

사라다에 감탄하며 돈까스를 반쯤 먹었을 때 전기구이 정식이 나왔다. 노르스름한 겉면이 어느 정도 배가 찼는데도 식욕을 자극한다. 튀김과는 또 다른 재미를 주는 껍질, 이와 대조를 이루는 부드러운 속살이 흠잡을 데 없이 훌륭하다. 과욕을 부리면 결과가 좋지 않을 때가 더 많지만, 오늘만큼은 무모한 도전이 빛을 발했달까? 이런 매력 넘치는 음식을 두고 돈까스만 먹고 갔다면 두고두고 후회했을 일이다.

흔히 호프집에서 기대할 수 있는 바삭하고 간이 잘 된 돈까스. 여기에 잘 어울리는 직접 배합한 소스와 식감에서 재미를 주는 개성 있는 사라다. 보통 돈까스집에서는 볼 수 없지만 감초처럼 잘 어울리는 치킨 무까지…. 흔한 듯 흔하지 않은 돈까스가 여기에 있다. 근처에서 직장을 다닌다면 점심에, 아니면 퇴근길에 맥주 한 잔과 함께 즐기기에 더할 나위 없는 훌륭한 돈까스다. 물론 전기구이 통닭도 꼭 맛보기를 바란다. 9,000원의 행복이 여기에 있다.

■ 삼보치킨

주소	서울 종로구 종로33길 4
전화번호	02-764-9292
영업시간	11:30~23:00
휴무일	연중무휴
가격	생돈까스 정식 9,000원 / 전기구이 정식 9,000원

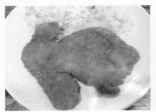 

진정
왕이 될 상이로구나

Spot   성수돈까스
Menu   왕돈까스

날이 갈수록 유행어를 따라잡기가 버겁다. 터울이 큰 동생이 있다 보니 예전에는 내 또래에 비해 최신 유행어를 많이 알았는데, 어느덧 동생도 훌쩍 자라 그런 말을 잘 쓰지 않는 나이가 되었다. 그나마 '스불재(스스로 불러온 재앙)'처럼 단순한 줄임말이면 사정이 낫다. "2,000원 비싸졌다"와 같이 기상천외한 고맥락 유행어와 맞닥뜨리면 그저 어리둥절한 표정을 지을 수밖에 없다. 아니, 근데 "2,000원 비싸졌다"가 뭔 유행어냐고?

일반적으로 순살 치킨은 일반 치킨에 비해 가격이 2,000원가량 더 비싸다. "2,000원이 비싸졌다"는 상대방이 하는 말에 '뼈를 맞아' 뼈가 다 으스러져 순살이 되었다는 뜻으로, 남에게 정곡을 찔려 아픈 상황에서 쓴다고 한다.

외국어를 전공했으니 넓게 보면 어학 전공자이고, 원래부터 말에 관심이 많은 편인데도 이제는 부단히 노력하지 않으면 금세 뒤처지고 만다. 어쩌면 유행어의 속성이라는 게 본디 그런 것일지도 모르겠다. 젊은이들끼리 하는 말을 나이 든 사람들이 다 알아듣는다면 그 또한 재미없는 일 아니겠나.

그런데 많은 사람들이 자연스럽게 어떠한 말을 쓰기 시작하면 그 말이 생겨난 배경을 모르더라도 맥락을 유추하여 적당히 맞춰 쓸 수 있다. 꼭 유행어에 국한된 이야기는 아니다. 우리가 일상생활에서 쓰는 말 중에도 그 뜻과 유래는 정확히 모르지만, '느낌적 느낌'으로 파악하고 쓰는 말들이 생각보다 많기 때문이다. 물론 자연스러운 흐름에 따라 습득하고 사용하는 게 말의 속성이기도 하지만, 아무래도 그 뜻과 유래를 잘 알면 상황에 더 알맞은 말을 가려 쓸 수 있다. 말 하나하나 기원을 따져가며 이해해나가는 과정에서 즐거움을 느낀다고 하면 너무 언어 '덕후'처럼 보이려나?

이런 관점에서는 음식도 말과 비슷하다. 일단은 맛있으면 그만이지만 음식이 탄생한 배경과 이름의 유래를 알고 먹으면 훨씬 더 재미있고 기억에 오래 남는다. 하지만 모든 걸 다 알고 먹을 수는 없으니 각자 엉뚱한 방식으로 이해하고 있는 음식이 하나쯤은 있는데, 나는 그런 이야기 듣는 걸 참 좋아한다. 마치 '자만추(자연스러운 만남 추구)'가 '자연스럽게 만두 추가'인줄 알았다는 이야기를 들을 때 웃음이 나는 것처럼 말이다.

내게도 그런 음식이 있다. 바로 시저 샐러드다. 워낙 잘 못 알고 있는 사람이 많아 『What Caesar Did for My Salad?』라는 제목의 책이 나왔을 만큼 유명한 이야기다(우리말로 풀면, "시저가 내 샐러드에 뭘 했길래?"가 될 것이다. 시저는 로마 황제 카이사르의 영어 이름으로, 이 책은 우리나라에서 『미식가의 어원 사전』이라는 제목으로 출간되었다).

고정관념인지, 샐러드 하면 자연스레 이탈리아가 떠오르고 거기에 시저라는 이름이 붙었으니, 로마 시대부터 전해 내려온 황제 샐러드 혹은 시저가 먹었던 샐러드라고 아무렇지도 않게 받아들이고 있었다. 하지만 시저 샐러드는 탄생한 지 100년 정도밖에 되지 않은 음식이다. 20세기 초, 미국과 가까운 멕시코 국경 도시 티후아나에서 식당을 운영하던 이탈리아계 미국인 시저 카르디니(Caesar Cardini)가 어느 날 가게에 몰려든 손님에게 낼 음식이 떨어지자 기지를 발휘해 남은 식재료로 샐러드를 만들어냈는데, 이게 바로 시저 샐러드의 기원이라고 한다.

유서 깊은 로마 제국의 황제 샐러드인 줄 알았던 음식이 알고 보면 '냉털(냉장고를 털어 만든)' 요리였다니 꽤나 극적인 반전이 아닌가? 로마 황제가 만들었든지 이탈리아계 미국인이 만들었든지 간에 당장 내 눈앞에 있는 시저 샐러드가 맛있는지 아닌지가 더 중요한 사안이지만, 이런 배경을 알고 먹는다면 식사 시간이 더욱 즐겁고 풍성해지리라 믿는다.

이왕 샐러드 이야기가 나왔으니 돈까스에 곁들이는 샐러드 이야기도 해보자.

먼저 머릿속으로 돈까스를 떠올려보라. 걸쭉한 브라운 소스를 부은 한국식 돈까스, 두꺼운 등심을 바삭하게 튀겨 썰어낸 일본식 돈까스 등 자신이 가장 좋아하는 돈까스를 상상하면 된다. 자, 이번에는 돈까스 옆으로 시선을 옮긴다. 돈까스와 함께 나온 샐러드는 무엇인가? 십중팔구 가늘게 채 썬 양배추 샐러드를 떠올렸으리라. 지금까지 먹은 돈까스가 어떤 스타일이었든 그 곁을 지킨 건 대개 양배추였을 것이다. 그런데 왜 하필 양배추, 그것도 가늘게 채 썬 양배추가 터줏대감처럼 돈까스 옆자리를 차지하게 되었을까?

이야기는 100년도 더 전으로 거슬러 올라간다. 일본 돈까스의 시초 '렌가테이(煉瓦亭)'에서는 뭉텅뭉텅 썬 양배추를 육수에 데쳐서 돈까스와 함께 냈다. 그런데 러일전쟁이 발발하면서 남성 직원이 징용되어 일손이 부족하게 되자 어쩔 수 없이 데치지 않은 양배추를 그대로 내기로 했다. 그러자 예전과 달라진 맛에 불평을 하는 손님들이 늘어났다. 이에 주방에서는 뾰족한 수가 없을까 고심 끝에 양배추를 데치지 않는 대신 가늘게 채를 썰어 내기 시작했고, 이것이 호평을 받으면서 '돈까스에는 가늘게 채 썬 양배추'라는 공식이 정착했다. 결국 지금 우리가 당연하다는 듯이 곁들여 먹는 양배추 샐러드는 어떻게든 부족한 일손을 채워보려고 고심한 결과물인 셈이다. 지금은 이런 가늘게 채 썬 양배추를 어디서든 흔하게 볼 수 있지만, 내게는 양배추 샐러드 하면 가장 먼저 떠오르는 가게가 있다. 진정한 왕돈까스를 만날 수 있는 가게, 서울 성수동의 성수돈까스다.

자리에 앉아 메뉴판을 보면 가장 위에 유일하게 큰 글자로 써 있는 메뉴가 있는데, 이 가게의 자랑이자 시그니처인 왕돈까스다. 메뉴판에서부터 홀로 존재감을 과시하니 다른 메뉴를 고를 엄두가 나지 않는다. 이곳의 왕돈까스를 처음 보는 사람은 백이면 백 모두 놀랄 테니 미리 마음의 준비를 하는 편이 좋다.

내가 먹어본 왕돈까스의 역사는 성수돈까스 이전과 이후로 나뉜다 해도 지나친 말이 아닌데, '왕'이라는 수식어가 이보다 더 잘 어울리는 돈까스를 본 적이 없기 때문이다. 마치 "내가 왕이 될 상인가?"라고 묻는 듯한 늠름한 자태, 그 당당한 위용에 살짝 주눅이 들 정도다.

왕돈까스는 고기를 얇게 펴서 만드는 게 보통인데, 이곳 돈까스는 고기가 그렇게 얇지도 않다. 덩어리가 크고 두꺼울수록 균일하게 튀기기 어렵기 때문에 크기에만 집착하다 보면 정작 중요한 맛을 놓치기 쉽지만, 이 왕돈까스는 놀라울 만큼 고르게 잘 튀겼다. "크고 아름답다"는 말이 절로 나오는 겉모습이 그저 허장성세에 그치지 않으니 그야말로 '외강내강'의 돈까스라 할 만하다.

그런데 이처럼 큰 돈까스는 아무래도 금방 질리기 십상이다. 따라서 보조를 맞춰주는 가니시가 무척 중요하다. 성수돈까스의 양배추 샐러드는 그런 면에서 특별하다.

양배추 자체는 평범하다. 무척 가늘게 썰어 야들야들 부드러운 식감을 극대화한 것도 아니고 별다른 기교가 보이지도 않는다. 핵심은 양배추가 아니라 드레싱에 있다. 한국식 돈까스라면 대개 드레싱으로 사우전드아일랜드가 정석처럼 통용되지만 성수돈까스의 드레싱은 독특한 맛을 지닌 자가 드레싱이다. 먹다 보면 특히 알싸한 뒷맛이 돈까스의 느끼함을 잡아준다. 이런 깔끔한 맛의 비결은 와사비다.

돈까스소스에는 종종 와사비를 곁들이는 가게가 있지만 이렇게 드레싱에 와사비를 쓰는 건 꽤나 과감한 시도다. 향신료이므로 자칫 잘못하면 맛 균형을 무너뜨릴 수 있기 때문인데, 이 드레싱은 와사비를 전면에 내세우지 않으면서도 절묘하게 뒷맛을 제어하는 솜씨가 일품이다. 조금 과장하면 이 드레싱 하나로 음식의 전체 인상이 바뀐달까?

한편 양배추와 영혼의 단짝인 '마카로니 사라다'도 반갑다. 아삭아삭한 양배추에 알싸한 와사비드레싱과 대조되는 부드러운 마카로니에 진득한 마요네즈. 마치 왕을 양쪽으로 보좌하는 재상과 장군 같은 조합이 아닌가. 돈까스만으로도 충분히 배부르지만 이 양배추와 마카로니가 별미인지라 아쉬워서 더 달라고 부탁하면 또 인심은 왜 그렇게 철철 넘치시는지. 새 그릇에 수북이 담겨 나오는 양배추와 마카로니를 다 먹고 나면 커피고 디저트고 더 이상 아무런 생각도 나지 않는다. 이야말로 백성을 배불리 먹이는 왕의 성은이 아니겠는가?

왕이란 본래 규격보다는 자격이 중요한 자리다. 단순히 크다고 능사가 아니라 혈통을 이어받든 선출이 되든 자격을 갖춘 자만이 왕이 될 수 있었다. 그런 의미에서 성수돈까스의 왕돈까스는 크기는 물론 메뉴 구성까지 정녕 왕이라는 말이 부끄럽지 않은 왕중왕이다. 겉모습에 치중하여 내면의 고귀함을 점점 잃어가는 이 시대에 진정한 왕을 만나고 싶다면 성수에 가라. 왕을 알현하라.

■ 성수돈까스

주소	서울 성동구 연무장길 103
전화번호	02-465-9077
영업시간	월~금요일 11:00~20:30, 토요일 10:30~15:00
휴무일	일요일
가격	왕돈까스 8,500원

스케일이
다르다

<u>Spot</u> 역촌왕돈까스

<u>Menu</u> 왕돈까스

'돈까스가 많은 생애'를 지내와 보니, 이제는 대강 가게 이름만으로도 어느 정도 장르 파악이 된다. 마치 내공이 몇 갑자쯤 되는 무림 고수처럼 이야기했는데, 들어보면 누구나 쉽게 고개를 끄덕일 만한 법칙이다. 앞에서도 잠깐 언급했는데, 가게 이름이나 메뉴 이름에 돈까스가 아니라 "카츠"가 들어가는 가게는 정통 일본식 돈까스를 낸다. 뭐 당연한 걸 가지고 떠드느냐 할 수도 있겠지만, 돈까스와 돈카츠는 일본을 거쳐 한식화 된 다른 음식들, 이를 테면 '사라다'나 '카레'와는 약간 특이한 양상을 보여주기 때문에 재미있다.

　카츠가 통상 정통 일본식 돈까스를 뜻한다는 이 법칙을 이해하기 위해서는 돈까스의 어원부터 살펴볼 필요가 있다. 포크커틀릿이 원형인 돈까스는 포크, 즉 돼지를 뜻하는 돈(豚. 한자 豚은 일본에서 음독으로 "톤[とん]"으로 읽는다)과 커틀릿의 일본식 발음 카츠레츠(カツレツ)가 합쳐져 만들어졌다. 돈카츠레츠는 줄어들어 돈카츠로 굳어졌고 이 음식이 우리나라로 전해지는 과정에서 '돈가스'라는 이름을 얻는다.

　　그런데 왜 하필 돈가스가 표준어로 정착했을까? 새로운 말이 정착하는 과정에서 일어나는 변화가 항상 일정한 법칙을 따르지는 않으므로 정확한 이유는 아무도 모를 것이다. 다만 공사 현장에서 일하는 사람을 뜻하는 일본어 '도카타(土方)'가 우리나라로 건너와 '노가다'로 정착한 것처럼, 돈가스도 비슷한 과정을 거친 건 아닐까 추측해볼 뿐이다.

　　한편, 포크커틀릿이 우리나라에서 '돈가스'로 한식이 되는 동안 일본에서는 별개로 일식화 되며 완전 다른 음식이 되었고, 이게 다시 우리나라에 들어와 유행을 하기에 이른다. 이때 문제가 생긴다. 이 새로운 '일식 돈까스'는 뭐라고 불러야 하나? 이미 돈가스라는 이름에 일본어의 흔적이 남아 있는데, 어떻게 다시 일본식임을 강조하느냐는 말이다. 가장 쉬운 방법은 '일식'이라는 말을 앞에 붙이는 것인데, 이런 방식에 만족하지 못한 사람들이 있었나 보다.

　　본격적으로 '카츠'라는 표기가 생겨난 이유를 설명하려면 더 할 이야기가 있다. 간략히 설명할 테니 약간만 더 버텨주길 바란다. 많은 일본어 번역자가 현행 외래어 표기법에 불만

을 갖고 있는데, 그중 가장 논란이 많은 용법이 '어두에 오는 청음 표기'다. 쉽게 말하면 단어 첫 글자에는 청음 '카(か/カ)'나 '타(た/タ)'가 오더라도 '가'와 '다'로 표기하는 방식을 말한다. 그런데 일본어에는 '가(が/ガ)'와 '다(だ/ダ)'도 있기 때문에, 어두에 오는 글자를 전부 '가'와 '다'로 적으면 구별이 되지 않는다. 한편 또 논란이 많은 표기가 바로 '쓰(つ/ツ[tsu])'인데, 실제 발음과 '어감'까지 생각하여 임의로 '츠'라 표기하는 번역자들도 있다. 결국 한국어 '돈가스'가 아닌 '돈카츠'라고 쓰면 외래어 표기법에 맞지 않지만 조금 더 일본어다운 느낌을 준다고 하겠다. 약간 조악한 비유이기는 하나, 오렌지 대신 '어륀지', 바나나 대신 '버내너'를 쓰는 것과 비슷하다고 볼 수 있다. 이름에 "카츠"가 들어가는 가게가 일본식 돈까스 전문점임은 많은 사람이 체감으로 알고 있겠지만 배경에는 이러한 이유가 있다.

그렇다면 한국식 돈까스의 큰 줄기인 경양식 돈까스와 왕돈까스, 이 둘을 구별할 만한 표시는 없을까? 이 역시 가게 이름으로 미뤄 어느 정도 짐작이 가능하다. 우선 경양식 돈까스 가게는 주로 영어나 유럽어로 가게 이름을 짓는다. 우리나라의 경양식 돈까스 원조로 이름을 날린 '서울역 그릴(2021년 폐업)', 아현동의 '테라스', 안양의 '에버그린(뒤에 나올 '에버그린' 편 참조)', 종로의 '베네치아' 등이 그 예다. 이와는 달리, 왕돈까스를 파는 가게는 가게 이름에 그대로 왕돈까스가 들어가는 경우가 많다. 이번에 소개할 서울 은평구의 '역촌왕돈까스' 역시 누가 봐도 한눈에 뭘 파는지 알 수 있는 가게다.

유서 깊은 왕돈까스 가게 대부분은 기사식당을 모태로 하고 있다. 그렇기에 비교적 한산한 지역에 위치해 주차 공간을 갖추고 음식을 빨리 내는 특징을 지니는데(기사님들이 잠시 숨 돌리며 식사를 해야 하기 때문일 것이다), 역촌왕돈까스도 마찬가지다. 이런 가게 중에는 여느 기사식당처럼 다양한 메뉴를 선보이는 곳도 있지만, 이곳은 간결하게 돈까스, 생선까스, 정식 딱 세 가지 메뉴로 고민거리를 줄여준다. 돈까스와 함께 생선까스와 함박스테이크까지 맛볼 수 있는 정식도 나쁘지 않으나 오늘은 본질에 충실하기 위해 돈까스를 주문하기로 한다.

주문하자마자 왕돈까스와 영혼의 단짝을 이루는 시판용 수프가 나온다. 주방이 보이지는 않지만 비슷한 가게들에서 흔히 볼 수 있는 광경이 떠오른다. 30인분쯤 되는 커다란 보온 밥솥 한가득 수프를 담아놓은 장면 말이다. 누가 처음 생각했을까? 참으로 기발한 아이디어 아닌가. 수프를 먹으며 두리번거리다가 중요한 물건을 발견했다. 앞으로 일어날 일(?)을 미리 알려주는 뚜렷한 단서, 바로 쌈장 그릇이다. 돈까스와 쌈장? 돈까스의 친척 격이랄 수 있는 슈니첼(Schnitzel)에 곁들이는 잼

역촌왕돈까스

이 한국화 되며 쌈장으로 변한 것일까? 아니면 나고야 명물인 미소카츠에서 영향을 받았을까? 하지만 왕돈까스를 처음 먹는 사람이 아니고서는 이미 눈치 챘을 터. 곧 나올 돈까스 접시에는 분명 '그것'이 함께 나올 것임을….

이윽고 돈까스가 나왔다. 아니나 다를까 '그것'이 없을 리가 없다. 양배추 옆에 살포시 자리 잡은 푸릇푸릇한 풋고추. 이제야 이곳이 '진정한' 왕돈까스 가게임을 인증 받은 듯한 기분이다. 그런데 왜 하필 풋고추와 쌈장일까? 내 가설은 이렇다.

어떤 기사식당에서 주력으로 팔던 메뉴 중에 제육볶음 혹은 쌈밥이 있었는데 그러다 보니 자연스레 반찬과 함께 고추와 쌈장을 냈고, 여기에 돈까스를 메뉴로 추가하면서 돈까스에도 그냥 같이 내주다가 굳어진 게 아닐까? 한 곳에서 우연히 시작한 방식을 많은 가게에서 당연하다는 듯이 따라한다는 게 말이 안 된다고 반론할 수도 있겠다. 하지만 한국식과 일식 돈까스 가리지 않고 거의 항상 얼굴을 비추는 채 썬 양배추 샐러드조차, 일손이 모자란 한 가게에서 궁여지책으로 내던 것이 정석처럼 자리 잡았다는 점을 떠올리면(앞에서 나온 '성수돈까스' 편을 참조) 그리 억지스러운 이야기도 아니다.

모든 왕돈까스 가게에서 풋고추와 쌈장을 주지는 않지만, 풋고추와 쌈장을 같이 내주는 돈까스는 필시 왕돈까스류라 봐도 무방하다. 참고로 앞에서 말한 대표적인 경양식 돈까스 가게들 어디에서도 풋고추와 쌈장을 주지 않는다. 경양식류와 왕돈까스류를 통틀어 한국식 돈까스라 일컫지만, 자세히 살펴보면 스타일과 발전 과정이 완전히 다른데, 풋고추와 쌈장이 한 가지 판단 기준이 될 수 있다는 점이 재미있다.

　　메인인 돈까스로 시선을 옮긴다. 왕이라는 수식어가 부끄럽지 않은 스케일이다. 몇 년 전 처음 왔을 때에는 지금보다도 더 두꺼운 고기가 뚜렷한 존재감을 과시했는데, 스타일이 조금 바뀌었는지 혹은 일시적인지 모르겠지만 지금은 그 정도까지는 아니다. 그럼에도 여전히 고기를 얇게 두드려 편 돈까스들과 확연히 다른 묵직함을 보여준다. 신맛과 단맛 조화가 훌륭한 소스는 식사를 마칠 때까지 질리지 않게 돕는다. 서걱서걱한 양배추와 풋고추 외에 마카로니 사라다와 완두콩이 부드러운 식감으로 재미를 더한다.

　　이렇게 한 접시 거하게 먹고 나면 몸도 마음도 든든하다. 이름에 버젓이 "왕"이 들어가지만 정작 옛날 왕들은 왕돈까스를 먹어보지도 못하고 세상을 떴다 생각하니, 일개 장삼이사인 내가 왕보다 낫다는 착각에 우쭐해진다. 왕이면 뭐하나. 맛있는 돈까스도 못 먹었을 텐데. 이렇게 또 돈까스 과몰입에서 헤어 나오지 못하는 하루가 저문다.

■ 역촌왕돈까스

주소	서울 은평구 진흥로 121-1
전화번호	02-355-2777
영업시간	10:30~21:30
휴무일	일요일
가격	돈까스 12,000원 / 역촌 정식 13,000원

필레의
끝판왕

Spot 가쯔야
Menu 히멘까스 정식

얼마 전 길에서 어떤 가게 위치를 묻는 어르신을 만난 적이 있
다. 가게 이름을 대며 도저히 찾을 수가 없다고 도움을 청하시
길래 같이 찾아보니 과연 그럴 만도 했다. 어르신이 찾았던 가
게 간판에는 한글이 한 글자도 없이 온통 영어뿐이었다. 심지
어 디자인에 중점을 둔 서체를 써서 젊은 축에 드는 나조차도
단번에 알아보기 버거웠다. 어렵게 당도한 가게 앞에서 어르신
은 고맙다는 인사와 함께 요즘에는 도통 알아볼 수 없는 간판
이 너무 많다고 하소연을 하셨다.

　나도 어르신의 말씀에 십분 동의한다. 간판까지는 한발
양보해 그러려니 할 수도 있지만, 메뉴판이나 가게의 영업 정
보와 관련한 설명들이 죄다 영어나 외국어로만 써 있는 가게들
도 상당히 많다. 참으로 난감한 노릇이다.

　비교적 익숙한 메뉴라면 그나마 사정이 낫다. 그런데

만약 메뉴판에 "셰트불라르"라고만 덩그러니 써 있다면 제대로 주문할 수 있는 사람이 몇이나 될까? 셰트불라르(köttbullar)란 스웨덴식 미트볼을 뜻하는데 이처럼 메뉴 자체가 생소하다면 이름을 한글로 표기하는 것만으로도 부족하다. 메뉴 이름을 한글로 적고 간단한 설명까지 곁들여야 최소한 메뉴판답다고 할 수 있지 않을까? 요식업을 비롯해 손님을 접대하는 영업을 하는 분들은 손님의 처지에서 생각해볼 필요가 있다. 으레 알겠거니(어쩌면 몰라도 상관없다는 심보인지도 모르겠다) 가정해버리는 게으름 탓에 누군가는 쉽게 배제된다.

돈까스 메뉴판에서도 이런 무신경함을 자주 마주한다. 한국식 돈까스 가게에서는 대개 문제가 없다. 설명이 필요한 메뉴는 정식 정도인데, 보통은 친절하게 괄호 안에 "돈까스+함박+생선까스"라고 써 두기 때문이다. 문제는 일본식 돈까스다. 일본식 돈까스 가게에 가면 최소한 메뉴가 두 가지는 있다. 바로 '로스(ロース)'와 '히레(ヒレ)'다. 일본식 돈까스를 즐기는 분들이 많아져 아는 사람도 있겠지만 여전히 무슨 뜻인지 잘 모르는 사람도 있다. "로스랑 히레가 뭐가 달라?"라며 메뉴판을 마주하고 이야기를 나누는 광경도 드물지 않게 볼 수 있다. 이 기회에 잠깐 이야기하고 넘어가자.

로스와 히레. 일본어를 아는 사람도 이 두 단어가 무슨 뜻인지 직관적으로 알기는 쉽지 않다. 그럴 만한 이유가 있다. 일본어를 한 번 거친 일본식 외래어이기 때문이다. 먼저 로스부터 살펴보자. 예전에는 고기를 구워 먹는 식사 형태를 흔히 로스구이라고 했다. 특히 오리고기는 지금도 "오리 로스"라고 쓰는 가게가 꽤 있다. 이 로스라는 말은 '굽는다'라는 뜻을 지닌 영어 단어 로스트(roast)에서 왔다. 일본식 돈까스에서 로스는 등심 부위를 일컫는데, 바로 등심이 구워 먹기에 적합한 부위라 하여 로스가 된 것이다.

히레는 더욱 어렵다. 일본어를 전공한 나조차 히레가 무엇인지 몰랐다. 내가 히레라는 단어를 처음 접했을 때에는 아직 일본어를 잘하지 못할 때였다. 사전 정도는 찾아볼 수 있었으므로 집에 와서(스마트폰이 없던 시대였다) 히레를 찾아보니 웬걸, 지느러미라고 하지 않나? 이자카야를 비롯한 일본식 술집에 가봤다면 메뉴판에서 '히레사케'라는 술을 본 적이 있을 것이다. 말 그대로 지느러미 술이라는 뜻으로, 이 술을 주문하면 복어 혹은 도미 지느러미를 구워서 따뜻한 술에 넣어 내준다. 그런데 돈까스에 지느러미라니, 딱 봐도 말이 안 되지 않는가. 그러면 과연 이 히레의 정체는 무엇일까?

혹시 여러분은 '필레미뇽(filet mignon)'이라는 양식 메뉴를 아시는지. 스테이크 하우스에 가면 볼 수 있는 구이 메뉴로,

'필레'는 소나 돼지의 안심 부분을 뜻한다. 이쯤 되면 눈치 채신 분들도 있을 터. 그렇다. 히레는 안심을 뜻하는 필레를 일본식으로 발음한 단어다.

　　일본식 돈까스집 중에는 메뉴판에 로스와 히레라 쓰고 각각 등심과 안심이라고 병기하는 가게도 있고, 또 따로 자세히 설명을 하는 가게도 있다. 하지만 이미 등심과 안심이라는 우리말로 충분히 뜻을 전달할 수 있는 상황에서 굳이 변형된 일본식 단어를 쓸 필요가 있을까? 외국어로 된 음식의 이름을 억지로 우리말로 번역하자는 말은 아니다. 우리말에 딱 맞는 말이 있다면, 특정한 음식 이름을 나타내는 고유 명사도 아니라면 가능한 한 상대적으로 알기 쉬운 우리말을 쓰자는 것이다.

　　로스와 히레 이야기를 이토록 길게 한 이유가 있다. 곧이어 소개할 식당이 바로 히레까스 장인이 운영하는 식당이기 때문이다. 가게 이름 자체가 일본어로 돈까스 가게를 뜻하는 '가쯔야(かつ屋)'다.

　　가쯔야가 자랑하는 히레까스는 전부터 익히 들어 알고 있었다. 가쯔야가 위치한 을지로에는 돈까스 좀 먹는다는 사람은 다 알 만한 고급 돈까스 가게가 있는데, 그보다 훨씬 저렴한 가격으로 오히려 그 이상 가는 돈까스를 낸다고 인근 직장인들로부터 호평이 자자했기 때문이다.

　메뉴판을 받아 들면 역시나 트레이드마크인 히레까스가 가장 위에 자리 잡은 가운데, 로스와 멘치, 생선까스 등도 보인다. 한 가지만 고르기 아쉬운 사람들을 위해 여러 가지 조합으로 반반 메뉴도 준비해두었다. 원래 일본식 돈까스는 등심이 기본이라 생각하기 때문에 거의 등심을 주문하지만 가쯔야에서만큼은 예외다. 오랜만에 만나 반가운 멘치까스와 히레까스가 반반 섞인 메뉴인 히멘까스 정식으로 부탁한다.

　여기서 또 의문이 생기는 분이 있으리라. 과연 멘치는 무엇인가? 갈아놓은 고기를 뜻하는 영어 단어 민스(mince)에서 왔다는 설이 가장 유력하다. 실제로 멘치까스는 고기와 양파를 갈아 뭉친 반죽을 튀겨서 만든다. 이런 음식, 어디서 본 듯하지 않은가? 맞다, 크로켓. 흔히 '고로케'라 부르는 음식이 이와 비슷하다. 그래서 멘치까스는 멘치고로케라고 부르기도 한다.

　그런데 일본에서는 이 멘치까스가 지역에 따라 이름이 약간 다르다. 도쿄를 중심으로 한 간토(関東) 지방에서는 주로 멘치라고 부르는 반면, 오사카를 비롯한 간사이(関西) 지방에서는 민치라고 부른다.

　이처럼 지역에 따라 부르는 이름이 조금씩 다르거나, 같은 이름이지만 지칭하는 대상이 다른 사례는 비교적 흔하다.

일례로 '다누키(たぬき. 너구리)'라고 하면 오사카에서는 넓적한 유부조림을 올린 소바를 일컫는데, 도쿄에서는 이처럼 유부조림을 올린 면을 '기쓰네(きつね. 여우)'라고 한다. 지역에 따라 같은 음식이 여우가 되었다가 너구리가 되었다가 하는데, 예로부터 일본에서는 여우도 너구리도 신출귀몰하며 인간을 홀리는 동물이자 서로 라이벌 의식을 갖는 관계로 묘사된다는 점에서 더욱 재미있다. 이렇게 음식을 즐기면서 그 안에 녹아 있는 문화를 함께 맛보는 것은 언제나 큰 즐거움을 준다.

이윽고 주문한 음식이 나왔다. 소위 명장들은 선입견을 가볍게 타파해버리는 재주가 있다. 가쯔야 역시 마찬가지다. 동글동글한 튀김과 넓적한 튀김, 둘 중 하나가 히레고 나머지가 멘치라면 당연히 동그란 쪽이 멘치일 가능성이 높은데 여기서는 반대다. 한입에 쏙 들어갈 듯한 앙증맞은 튀김이 히레고, 마치 로스처럼 넓적하게 튀겨 썰어 낸 쪽이 멘치다. 물론 히레까스는 일반적으로 둥그런 형태로 내는 가게가 많긴 하지만 납작한 원이 아니라 이렇게 경단처럼 구에 가까운 모양은 흔치 않다.

일단 히레부터 맛을 본다. 한입에 들어갈 귀여운 크기라고 무턱대고 입에 넣으면 문자 그대로 뜨거운 경험을 할 수도 있으니 조심하자.

살포시 한 입 베어 물면 '아, 이게 과연 육즙인가!' 싶은 촉촉함이 입안 가득 퍼져 나간다. 베어 먹은 단면을 보면 고기가 살짝 분홍빛을 띤다. 고기가 덜 익었다고 불평하는 사람들도 있었는지 메뉴판에 따로 페이지를 두어 "돈까스 속살이 붉은 이유는 '핑킹 현상(고기의 근육 세포 안에 있는 붉은 색소 단백질 '미오글로빈' 때문에 조리된 고기일지라도 속살이 덜 익은 것처럼 선홍빛을 띠는 현상)' 때문"이라고 자세히 설명하고 있다.

그리 크지 않으면서 전면을 감싼 튀김옷과 촉촉한 살코기가 뚜렷한 대조를 이루며 먹는 즐거움을 배가한다. 튀김 실력은 의심할 필요가 없다. 여기에 충분한 밑간이 받쳐주니 소스 없이 돈까스만으로도 아름다운 경험을 만끽하게끔 한다. 기본기와 개성을 두루 갖췄고 그 결과는 두말할 이유 없이 맛있다. 이런 히레까스는 여태껏 구경해본 적이 없다. 멘치까스 역시 훌륭하다. 멘치는 히레와 달리 밑간이 심심한 편으로 소스에 찍어 먹으면 좋은데, 간 고기 중간중간 씹히는 양파가 단조로울 수 있는 맛과 식감에 재미를 부여한다.

정말 맛있는 음식은 원래 그 요리를 먹지 않는 사람조차 먹게 만드는 힘을 지녔다. 가쯔야는 강경한 로스파인 내게 순순히 히레를 주문하게 만드는 유일한 가게다. 돈까스에 압도되어 잠시 잊고 있었지만 접객 또한 흠잡을 수 없이 훌륭하다.

내 멋대로 만든 말이지만 '필레의 끝판왕'이라는 호칭이 전혀 아깝지 않다.

■ **가쯔야**(본점)

주소	서울 중구 다동길 46 1층
전화번호	02-772-9023
영업시간	11:00~22:00 / 브레이크타임 15:00~17:00
휴무일	토요일, 일요일
가격	히멘까스 정식 14,000원 / 히레까스 정식 13,000원

돈까스와 치즈와
파스타의 이름으로

<u>Spot</u>   토리돈까스
<u>Menu</u>   파스타치즈돈까스

"넘버원이 되지 않아도 돼, 원래부터 특별한 온리 원."

초난강이라는 이름으로 우리나라에서도 유명한 구사
나기 쓰요시가 속한 그룹 SMAP의 노래 〈세상에 하나뿐인 꽃
(世界に一つだけの花)〉가사 중 일부다. 치열한 경쟁사회에서 지
친 사람들에게 전하는 힐링 메시지 같은 느낌을 주는데, 나는
맛집 탐방을 다닐 때 주로 이 소절을 떠올린다. 워낙 좋은 가게
가 많다 보니, 그저 훌륭한 가게보다는 '그곳'이 아니면 안 되는
대체 불가한 가게에 더 마음이 끌린다는 뜻이다. 종종 가는 돈
까스집 중에도 이런 식당들이 있다. 그중에서도 앞서 소개한
한아름처럼 아련한 추억을 자아내는 가게가 있으니, 바로 동덕
여대 앞에 있는 '토리돈까스'다.

예로부터 여대 앞에는 최신 유행을 선도하는 멋진 식당
들이 많았다. 토리돈까스 역시 어쩌면 처음에는 멋쟁이들이 찾

는 트렌디한 경양식집이었을지도 모르겠다. 하지만 가게는 쉽게 늙고 맛은 이루기 어렵다고 했던가. 가게 입구 간판과 번쩍이는 전구들을 보고 있자면 최신 유행보다는 복고적인 분위기에 더 가깝다. "소가 뒷걸음질 치다 쥐를 잡는다"는 말처럼 레트로가 유행이 되면서 되레 얻어 걸렸다는 느낌도 드는데, 가게를 운영하는 나이 지긋하신 두 분은 정작 그런 외적인 면에는 크게 신경 쓰지 않는 듯한 낌새다.

자리에 앉아 메뉴판을 본다. 선택지가 많으면 많을수록 좋아하는 사람은 환호할 것이며, 평소에 이것도 저것도 다 먹고 싶어 쉬이 메뉴를 결정하지 못하는 사람은 좌절할 만한 가짓수를 자랑한다. 수십 가지 메뉴에 기선 제압을 당했지만 정신 차리고 잘 살펴보면 크게 돈까스와 스파게티로 나눌 수 있다. 이럴 땐 대개 기본이 되는 돈까스를 주문하는 것이 나만의 원칙. 하지만 이곳만의 특출난 시그니처 메뉴를 보유하고 있다 하니 그것으로 주문해본다. 보통 비기나 필살기는 이름이 긴데, 마찬가지로 메뉴 중 가장 긴 이름을 자랑하는 '파스타치즈 돈까스'가 오늘 소개할 메뉴다.

테이블마다 비치되어 있는 메뉴표에 직접 메뉴를 적어 주문한다. 주로 대학가나 분식집에서 볼 수 있는 이런 주문 방식은 그리운 정취를 불러일으킨다.

경양식집 전통에 따라 수프와 반찬이 먼저 나온다. 오래된 경양식집들은 부담되지 않는 가격대를 선택하여 음식 자체가 고급은 아닐지라도 일정 격식은 꼭 유지하는 경향이 강하다. 토리돈까스도 그런 곳이다. 코로나 시국에도 아랑곳하지 않고 여전히 공통 수저통을 보란 듯이 두는 대중식당이 대다수이건만, 일회용 냅킨도 아닌 천 냅킨에 커트러리를 싸서 낸다는 점에서 경양식집의 자부심이 느껴진다.

앞서 메뉴 가짓수로 기선 제압에 들어간 것은 서곡에 불과했다. 음식을 받아 든 순간 당당한 외양에 기가 눌린다. 미트볼 혹은 스코치에그와 비슷하게 생겼지만 무척 거대한 덩어리가 시선을 사로잡는다. 메뉴 이름만으로는 어떤 형태로 나올지 감이 안 왔는데, 이 한 덩어리가 알파요 오메가인 것이다.

돈까스에 파스타처럼 면류를 곁들이는 구성은 비교적 쉽게 접할 수 있다. 일본식 돈까스 체인점에서는 '정식'이라는 이름이 붙으면 대개 미니 우동이 딸려 나온다. 또한 일본에서는 나폴리탄이라는 이름으로 잘 알려진 스파게티를 돈까스와 함께 내주는 가게가 많다. 이런 형식이 우리나라로 넘어와 변형된 것인지, 매콤하고 쫄깃한 냉면에 돈까스가 곁들여진 '돈까스 냉면'이라는 메뉴도 있다. 편의점에서도 돈까스와 스파게티로 구성한 도시락은 쉽게 찾을 수 있다. 그렇기에 파스타치즈돈까스라는 이름만으로는 그저 돈까스에 파스타를 곁들인 음식이겠거니 생각하기 십상이다. 그러나 눈앞에 나온 음식을 보면 그 예상은 철저히 빗나간다.

이제 정확한 실체를 확인할 차례다. 나이프로 조심스레 써는 순간, 짧은 파스타 면과 치즈가 봇물 터지듯 접시 위로 쏟아져 흐른다. 예전에는 가게 이름에 '파우치 돈까스'라는 말이 들어갔다고 하더니 바로 이런 뜻이었구나. 내용물을 고기로 감싸 파우치처럼 만들고 그대로 튀긴 음식, 이게 바로 파스타치즈돈까스의 실체다.

일본식 돈까스 체인점 메뉴 중 '코돈부루'라는 메뉴를 한 번쯤은 들어봤을 것이다. 코돈부루가 치즈돈까스를 뜻한다는 사실을 경험으로 아는 사람은 많겠지만 유래까지 잘 알고 있는 사람은 드물다. cordon bleu, 즉 '코르동 블뢰'는 프랑스어로 파란 리본이라는 뜻이다. 유명한 요리학교 이름인 르꼬르동 블루 역시 같은 뜻을 지니고 있다. 본디 파란 리본은 영국의 최고 훈장인 가터 훈장과 함께 수여하는 띠가 푸른색인 데서 유래하여 최고 등급을 나타내는 말로 쓰이는데, 미쉐린 가이드와 비슷한 우리나라의 블루리본 서베이도 여기에서 착안한 것으로 보인다. 그런데 코르동 블뢰가 왜 '코돈부루'가 되었나? 예상했겠지만 이 또한 일본어의 영향이다. 모노폴리류 보드게임

'부루마불', 휴대용 가스버너 '부루스타'에 들어가는 '부루' 역시 영어 단어 blue를 일본어식으로 발음한 것인데, 코돈부루 역시 같은 과정을 거쳤다. 그렇다면 과연 우리가 알고 있는 치즈돈 까스와는 무슨 관계가 있을까?

사실 코르동 블뢰는 음식 이름이기도 하다. 치즈를 햄 으로 감싸 튀긴 음식으로, 스위스에서 처음 먹기 시작했다. 이 것이 일본으로 전해졌고 다시 우리나라로 넘어오며 흔히 아는 치즈돈까스와 같은 형태를 갖추게 되었다. 구글과 일본 야후, 네이버에서 각각 프랑스어, 일본어, 한국어로 코돈부루를 이미 지 검색해 차이점을 살펴보면 재미있다.

프랑스어 cordon bleu는 빵집에서 파는 납작한 고로케 모양에 햄과 치즈가 들어있고, 일본어 コルドンブルー는 원류 와 비슷하거나 롤까스처럼 생긴 게 많은데, 차조기를 넣어 만 들기도 한다. 한국어 검색 결과는 치즈돈까스와 별반 다르지 않다. 즉, 우리나라에서는 코돈부루가 그저 치즈돈까스의 다른 이름 정도로 쓰인다고 볼 수 있다.

그런데 토리돈까스의 파스타치즈돈까스는 보통의 치 즈돈까스보다 진짜 코르동 블뢰에 가깝다. 내용물이나 겉모습 은 좀 다르지만 내용물을 고기로 제대로 말아 튀겼다는 점에 서 그렇다는 뜻이다. 게다가 이게 참 절묘하다. 그리 작지도 납작하지도 않은 데다가 안에 푸실리 파스타와 치즈까지 잔뜩 든 덩어리를 훌륭하게 튀겨냈기 때문이다. 마치 이것이 연륜이라는 듯 자신감이 담뿍 묻어난다. 안에 든 파스타는 나폴리탄과 크게 다르지 않은 맛이다. 본디 나폴리탄이란 값비싼 토마토소스와 고급 소시지로 만들면 본연의 맛이 나지 않는다. 어느 집이나 냉장고에 하나쯤 있는 케첩과 프랑크소시지로 만들어야 정겨운 그 맛이 나는데, 저렴한 듯한 맛이 내는 고유한 정취를 여기에서도 똑같이 느낄 수 있다.

누군가는 반문할 수도 있다. 파스타와 치즈를 돈까스 안에 넣어 튀겨야 하느냐고. 따로 같이 먹어도 어차피 같지 않느냐고 말이다. 하지만 그렇다면 굳이 햄버거를 하나로 조립해서 먹을 필요도 없을 것이며, 오므라이스 위에 얹은 계란을 반으로 갈라 촤르륵 퍼지게 하여 먹을 이유도 없다. 재료들이 한데 어우러진 조화로운 맛과 가르는 순간 퍼져 나오는 파스타와 치즈의 향연을 구경하는 것만으로도 그 가치는 충분하다.

훌륭한 돈까스를 내는 가게는 무척 많다. 특히 일본식 프리미엄 돈카츠가 한창 유행인 요즘은 예전에 비해 눈에 띄게 맛과 완성도가 상향평준화 되었다. 그런 쟁쟁한 돈까스집들을 제치고 토리돈까스를 최고의 가게라고 단언하기는 어려운 일이다. 하지만 그 어느 곳에서도 맛보기 어려운 돈까스가 여기에 있다는 사실은 확실하다. 넘버원은 아닐지라도 확실한 온리원, 그 대체 불가능하다는 점이 오히려 다른 훌륭한 돈까스집 대신 꾸준히 이 가게에 발걸음을 옮기게 하는 원동력이리라. "강한 자가 살아남는 것이 아니라 살아남은 자가 강하다"라는 말과 비슷하게 어쩌면 온리 원이 넘버원이 되는 것일지도 모를 일이다.

■ 토리돈까스

주소	서울 성북구 화랑로13길 24 2층
전화번호	02-919-9617
영업시간	11:30~20:30 / 브레이크타임 15:00~17:00
휴무일	일요일
가격	파스타치즈돈까스 10,000원

한 가지 음식 깊게 즐기는 법

"그렇게 줄곧 돈까스만 드시면 질리지 않나요?"

내가 돈까스를 좋아하고 많이 먹는다는 사실을 아는 사람들에게 종종 받는 질문이다. 당연히 누가 시켜서 억지로 먹는 게 아니고 온전히 내 의지로 즐기는 활동이므로 전혀 질리지 않는다. 애초에 좋아하면 쉽게 싫증 나지 않는 성향 덕인지도 모르겠다.

물론 꼭 이런 성향 때문만은 아니다. 언뜻 보면 그저 비슷해 보이는 것들도 면밀히 살펴보면 요모조모 다른 점이 있고, 그런 차이를 발견하는 재미가 각별한데, 이는 음식을 즐길 때도 마찬가지다. 다른 사람에게는 그저 다 같은 돈까스일지 모르겠지만, 내게는 하나하나가 고유한 개성을 지닌 다른 음식으로 다가오니 질릴 새가 없다는 뜻이다.

여기에서는 돈까스를 좀 더 깊이 있게 즐길 수 있는 방법을 소개하고자 한다. 온전히 내 기준과 방식을 소개하는 것이므로 절대적인 법칙이라고 할 수는 없다. 돈까스를 좋아하는 많은 사람들에게, 꼭 돈까스가 아니어도 한 가지 음식을 깊이 음미하고 싶은 사람들에게 참고가 될 만한 팁을 방출한다.

❶ 일단 많이 먹어본다

비슷한 음식이든 전혀 다른 음식이든 일단 무조건 여러 번 먹어보는 것이 가장 중요하다. 사람마다 타고난 감각이나 능력이 각기 달라서 누구는 절대 음감을 뽐내고, 누구는 한 번 본 동작을 그대로 따라할 수도 있다. 미각도 마찬가지다. 원체 다른 사람보다 미각이 뛰어난 사람 역시 존재한다. 하지만 극소수를 제외하면, 경험을 쌓고 감각을 단련할수록 더 깊이 즐길 수 있다. 게다가 소위 말하는 미식은 단순히 음식이 지닌 맛을 느끼는 데에서 그치지 않는다. 맛을 즐기는 과정 안에서도 미각뿐 아니라 후각과 촉각, 시각과 청각까지 오감이 모조리 동원된다. 여기에 음식 외적인 형식과 예절 및 장소가 자아내는 분위기, 동행과 나누는 대화까지 조화를 이뤄야 비로소 즐거운 식사가 된다. 그러므로 많이 먹어보고 스스로 경험해보는 것이 무엇보다 우선이다.

❷ 중심이 되는 포인트를 눈여겨본다

많이 먹다 보면 중심이 되는 포인트가 보이기 시작한다. 그런 지점들을 하나씩 눈여겨보면 익숙해졌다고 생각한 음식에서 새로운 면모를 발견할 수 있다.

돈까스를 예로 들어보자. 빵가루 입자가 고운지 거친지, 튀긴 색은 짙은 갈색인지 흰색에 가까운지, 튀김옷은 얇은지 두꺼운지, 또 고기는 두드려 펴서 얇은지 두껍게 썰었는지, 고기에 비계가 붙었는지 등 겉모습부터 자세히 들여다볼 구석이 잔뜩 있다.

한 입 먹어보면 더욱 새로운 세계가 펼쳐진다. 육질이 부드러운지 약간 단단한지, 밑간을 충분히 했는지, 마늘이나 후추 등 향신료를 썼는지 등등이다. 여기에 곁들여 나오는 국물과 샐러드, 소스와 드레싱, 반찬과 디저트까지 생각하면 이 모든 요소들을 조합해서 나올 수 있는 돈까스 종류는 무궁무진하다. 여기서 주의해야 할 점은 "나무를 보되 숲을 놓치지 말 것". 세부 요소에 너무 집착하여 마치 실험과 평가를 하듯 음식을 대하면 즐거움보다는 피로감이 몰려올 수 있다. 언제나 대원칙은 '음식을 충분히 즐기는 것'이라는 사실을 잊지 않도록 한다.

❸ 분류 체계를 만든다

몇몇 포인트를 중심으로 잡고 반복해서 먹다 보면 어느 순간 공통점과 차이점이 눈에 띈다. 그때부터 몇 가지 기준을 세우고 분류하면 음식을 좀 더 명확하게 이해하는 데에 도움이 된다. 가령 나는 돈까스를 한국식과 일본식으로 나누고 또 일반적이면 정파, 독특하면 사파로 분류한다. 이러한 틀은 위에서 봤던 몇몇 요소들을 묶은 결과물이다. 물론 음식은 수학 공식이 아니므로 항상 정확히 들어맞지는 않는다. 그저 개인적인 기준을 세우고 임의로 나눌 뿐인데, 이렇게 어느 정도 틀을 짜서 머릿속에 좌표를 찍을 수 있게 되면 비슷한 장르끼리 묶어 비교하거나 또 다른 점을 대조하며 특징을 추려낼 수 있다.

❹ 취향을 확립한다

여기까지 진행하면 슬슬 자신의 취향을 좀 더 명확히 알게 된다. 취향이란 이미 일정 부분 존재하는 영역이 있고 또 새로이 만들어가는 영역이 섞여 있는데, 포인트를 잡고 분류하는 과정을 거치면 머릿속에서 두루뭉술하게 그저 '좋다 혹은 싫다' 정도로만 표현했던 지점을 자세히 파악하고 이야기할 수 있게 된다. 본디 감각은 즉각 반응이 오기 때문에 대개는 그 순간 바로 호인지 불호인지를 알 수 있지만, 대상을 얼마나 잘 아느냐에 따라 이게 왜 재미있고 맛있는지 혹은 불쾌하고 맛없는지를 이해할 수 있다는 뜻이다.

❺ 먹는 규칙을 세운다

일본 나고야의 대표 요리인 히쓰마부시(장어덮밥) 전문점에 가면 먹는 방법을 상세히 설명해준다. 먼저 밥주걱으로 4등분 하여 처음에는 밥과 장어 본연의 맛을 즐긴 다음 파와 김, 와사비 등을 곁들여 먹는다. 그 후에 찻물을 부어 말아 먹고, 마지막에는 가장 맛있었던 방법으로 마무리하는 게 정석이다. 꼭 시키는 대로 먹을 필요는 없지만, 아무래도 가게에서 하는 제안이니 따라 해보는 게 좋다.

돈까스처럼 훨씬 더 대중화된 음식이라면 대체로 절대적인 규칙보다는 자신이 가장 즐길 수 있는 방식으로 먹으면 된다. 여기서 더 나아가서 스스로 규칙을 만들어보면 한층 더 재미를 느낄 수 있다. 내가 일본식 등심 돈까스를 먹는 방식을 설명해보자면, 일단 가운데에서 한 조각을 있는 그대로 먹어본다. 밑간이 훌륭하다면 양끝 조각을 제외하고는 대부분을 레몬 즙만 뿌려서 먹는다. 밑간이 약하다면 먼저 소금을 찍어 먹고 양끝에 가서야 비로소 소스를 곁들여 먹는다. '순정'보다는 소금, 소금보다는 소스 맛이 강하기 때문에, 마치 회나 초밥을 먹을 때 담백한 부위에서 점점 기름진 부위로 옮겨가듯 맛의 농담(濃淡)에 신경 써서 먹는다.

음식에도 이론이 있고 과학이 적용되므로 어느 정도 일반적으로 통용되는 규칙은 존재하지만, 거기서 크게 벗어나지 않는다면 어떤 방식이든 자신이 가장 즐거운 대로 먹으면 된다. 히쓰마부시에서도 마지막은 스스로 먹고 싶은 방법으로 먹는다는 사실을 떠올려보자.

❻ 선입견에 빠지지 않는다

취향을 파악하고 점점 구축해나가는 과정에서 자칫하면 선입견에 빠질 수 있다. 이제는 내가 무엇을 좋아하는지 어느 정도 알았기 때문에 내 취향에서 벗어난다고 생각하면 과감하게 배제하는 태도를 취하기도 하는데, 새로운 도전 기회를 닫아버리면 결국 자신만 손해다. '고인 물'이 되어버리는 순간, 자신만의 세계에 갇혀 도태되고 만다. '이 건 척 보기에도 맛없겠네', '돈까스에 찍먹이라니 인정할 수 없어!', '떡볶이랑 돈까스를 같이 먹는다고? 그런 괴식을 누가 먹는담…'과 같은 태도보다는 가끔은 열린 마음으로, 속는 셈 치고 내 취향 너머 알려지지 않은 영역으로 모험을 떠나면 뜻밖에 보물을 찾아낼지도 모를 일이다.

❼ 상황과 기분에 따라 먹고 싶은 메뉴를 설정한다

특정한 상황이나 기분에 따라 자신이 가장 먹고 싶어 하는 음식이 무엇인지 이미 알고 있을 것이다. 추적추적 비가 오는 날이면 순대 국이 당긴다든가, 국가 대표 배구 경기를 보면서 치킨을 시킨다든 가, 몸이 허하니 고기를 먹는다든가 등등. 범위를 좀 더 좁히면 돈까 스 안에서도 얼마든지 비슷한 설정을 할 수 있다.

일본 아이돌 그룹 칸쟈니 에이토의 멤버인 마루야마 류헤이는 자 신이 좋아하는 돈까스에 대해 이렇게 말했다.

"저는 고기를 두껍게 썰어 한 입 베어 무는 순간 감칠맛이 입안 전 체로 퍼져나가는 돈까스를 좋아합니다. 하지만 밥으로 먹을 때와 맥 주에 곁들이는 안주로 먹을 때는 조금 다르죠. 좀 더 얇게 튀겨 바삭 한 맛을 느낄 수 있는 돈까스가 안주로는 제격입니다."

듣고 보면 그럴듯하지 않나? 맛있는 음식이야말로 다다익선이다. 풍부한 선택지를 두고 상황별로 알맞은 돈까스를 먹을 수 있다면 훨씬 즐거우리라.

❽ 무엇보다 즐거움이 우선이다

주변에 '투덜이 스머프' 같은 사람이 한 명쯤은 있을 것이다. 사사건 건 꼬투리를 잡아 불만을 표출하는 사람 말이다. 음식을 먹을 때도 이런 사람이 있는데, 어떻게 느끼고 표현하든 본인의 자유이지만 가 끔 안타까운 마음이 들기도 한다.

여기서 내가 서술한 방법은 결국 맛있게 먹기 위한 과정에 불과하 다. 모두를 만족시키는 음식이 있을 리 없고, 누가 봐도 수준이 심하 게 떨어지는 음식도 분명 있다. 그러나 대개는 확실한 흑과 백이 아 닌 회색 지대 어딘가에 머물기 때문에, 가급적 긍정적인 면을 찾아 그 안에서 최대한 즐거움을 만끽하는 편이 이득이다.

앞에서도 말했지만 언제나 대원칙은 '충분히 즐기기 위해서'임을 잊지 말자. 지엽적인 부분에 집착하여 큰 줄기를 놓치면 그야말로 소탐대실이 아니겠나.

나는 경기도 안양의
에버그린이다

Spot 에버그린
Menu 돈까스

우리말을 가만 보면 참 재미있다. 어떤 대상을 가리키는 말 중 우리 주변에서 쉽게 보거나 감지할 수 있고 꼭 필요한 존재들일수록 그 이름이 한 글자로 짧고 쉽다. 해, 달, 별, 빛, 밤, 비, 땅, 불(바람, 물, 마음. 다섯 가지 힘을 하나로 모으면…) 등등. 이들은 본디부터 우리말에 있던 고유어다. 이러한 자연물에만 그치지 않는다. 공교롭게도 의식주를 뜻하는 고유어도 한 글자다. 옷, 밥 그리고 집. 그뿐인가? 누구나 원하는 돈, 누구에게나 필요한 잠 모두 한 글자다. 그리고 아마도 많은 사람들이 사랑해 마지 않을 이것 역시 한 글자다. 떠올리기만 해도 마음이 포근하고 기분 좋아지는 마법의 단어, 바로 빵이다.

빵. 얼마나 사랑스러운 단어인가. 소탈하면서도 강렬한 인상을 주는 경쾌한 발음이 한 번 들으면 결코 잊을 수 없도록 마음을 파고든다. 글자는 또 얼마나 귀여운가? 쌍기역(ㄲ), 쌍

디귿(ㄸ) 등 된소리를 표현하는 자모는, 발음도 강하지만 글자로 쓰면 꽉 찬 모양이 빽빽하고 피곤하다는 느낌을 주는데, 쌍비읍(ㅃ)을 받쳐주는 둥그런 받침 이응(ㅇ)이 글자 전체를 귀여운 인상으로 탈바꿈한다. 오래도록 우리 곁을 지켜왔을 듯한 이 '빵'이라는 말은 원래 외국어에서 온 단어다. 너무 익숙해서 고유어 같다는 착각마저 들지만, 포르투갈어 팡(pão)이 일본어 팡(パン)을 거쳐 우리말 빵이 되었다. 하지만 팡이나 방이 아니라 빵이라서 얼마나 다행인가? 팡이었다면 어딘지 경박하고, 방이었다면 왠지 따분하게 느껴졌을 것이다. 빵은 오로지 빵이어야 하고, 빵이었기 때문에 이토록 많은 사람에게 사랑받아왔으리라. 에, 설마 이렇게 느끼는 것은 나쁜인가?

빵의 어원과 함께, 빵이 우리나라에 유입된 경로를 살펴보자. 빵이 일본에 처음 들어온 것은 전국 시대 무장으로 유명한 오다 노부나가와 도요토미 히데요시가 권력을 잡았던 아즈치 모모야마 시대(약 16세기)다. 이때 포르투갈 선교사에 의해 처음 전파되었다. 일반인에게 보급되기 시작한 것은 그보다 뒤인 메이지 시대(약 18세기 중후반) 이후의 일이고, 세계대전 후 원조 식량으로 밀가루가 대량 유입되며 폭발적으로 소비가 늘어난다. 일본에 비해 서구 문물을 늦게 받아들인 우리나라에는 조선 시대 말기에 선교사를 통해 처음 들어왔다가 일제강점기를 거치며 일본인들로부터 기술 전수를 받아 성장했고, 한국전쟁 이후 원조 식량과 분식 장려 정책에 맞물려 널리 보급되기 시작했다.

　　그런데 빵이 우리나라에 들어온 경로와 발전 시기를 보면 돈까스와도 크게 다르지 않다. 돈까스도 지금은 완전히 정통 일본식을 표방하는 가게들도 많지만 처음에는 커틀릿에서 발전한 경양식 돈까스가 주류였고, 빵이 양식이라는 이미지가 있어서인지 오래된 경양식 돈까스 가게에서는 아직도 식사로 밥과 빵 중 하나를 고를 수 있는 가게들이 있다. 일본을 통해 들어와 발전한 두 음식이 경양식이라는 기치 아래에 하나로 뭉친 것이다. 재미있게도 커틀릿에서 일본식 돈까스로 한 번 더 발전을 이룩한 일본에서는 샌드위치 형태인 카츠산도(カツサンド)는 흔하지만, 식사 대신 빵을 주는 가게는 좀처럼 드물다. 여전히 경양식 돈까스를 내는 일본의 렌가테이에서도 빵이 아닌 밥을 곁들인다.

　　우리나라에서는 90년대만 하더라도 분위기 좋은 레스토랑에서 정장을 입은 점원이 "식사는 밥과 빵, 어느 쪽으로 하시겠습니까?"라고 묻는 게 그리 낯설지 않은 풍경이었지만, 이제는 빵을 같이 맛볼 수 있는 돈까스 가게는 귀한 편이다. 밥 대신 빵을 먹을 수 있다는 사실만으로 특별 대우를 받기는 해도 사실 빵 자체에 집중해서 본다면 그리 열광할 만한 이유는 없다. 빵이라야 마트나 빵집에서 흔히 볼 수 있는 시판용 모닝롤인데, 겉면을 살짝 버터나 기름에 지져서 주는 가게라면 그나마 훌륭한 편이고 대개는 그냥 그대로 내주기 때문이다. 하지만 경양식이란 자고로 식전에 주는 수프가 누구나 아는 대기업의 익숙한 맛이더라도, 식후에 디저트로 내주는 탄산음료에 김이 빠졌더라도 음식 맛과는 별개로 형식 자체를 구성 요소의 하나로 받아들이고 즐기는 데에 재미가 있다. 그러니 빵 또한 맛 자체보다는 먹을 수 있다는 사실만으로 반가운 것이다. 등산하고 나면 왜 꼭 정상에서 컵라면이 당기던가? 공중목욕탕에서 씻고 나와 마시는 바나나 맛 우유는 왜 그리 맛나던가? 거기에는 절대적인 맛보다는 기분과 환경이 더 크게 영향을 미치기 때문이다.

그러면 돈까스에 곁들여 먹는 빵이란 그저 먹을 수 있다는 사실만으로 감사해야 하는 걸까? 평소라면 거들떠보지도 않을 시판용 모닝롤 외에는 보기만 해도 군침이 돌고 코를 자극하는 향긋한 빵과 돈까스를 먹는 것은 부질없는 희망일까? 아니다, 답이 있으니 이 글을 쓰지 않았겠는가. 경기도 안양의 자랑, 인덕원에 있는 '에버그린'에 그 실마리가 있다.

맛집 소개로 유명한 TV 프로그램에 나온 이후에는 언

제나 사람이 몰린다는 에버그린. 평일 오픈 시간에 맞춰 가도 조금만 늦으면 금세 대기줄이 생긴다. 다행히 무작정 기다릴 필요는 없다. 가게 앞에 있는 키오스크에서 미리 주문과 결제를 마치고 핸드폰 번호를 적으면 입력한 번호로 입장 순서를 안내해준다.

가게에 들어서자마자 주방 앞에 주욱 늘어놓은 접시 위에서 홀로 돈까스를 기다리는 빵의 모습이 눈에 들어온다. 바로 에버그린이 자랑하는 매일 가게에서 직접 굽는 빵이다. 봉긋 부풀어 오른 아름다운 자태, 마스크를 뚫고 들어오는 갓 구운 빵 특유의 고소한 빵 내음은 구색만 갖춘 시시한 모닝롤과는 비교 자체를 거부한다.

자리에 앉아 돈까스를 기다리는 동안 할 일이 또 있다. 셀프 코너에서 밥과 반찬, 샐러드를 담아오는 일이다. 언뜻 본 빵 크기로 미뤄볼 때 보편적인 식사량을 가진 사람에게는 밥을 따로 먹지 않아도 충분할 양으로 보이지만, 그래도 돈까스에 밥을 꼭 곁들여야 하는 사람이나 빵만으로는 아쉬운 사람에게 밥도 같이 먹을 수 있다는 사실은 매우 반가울 것이다. 같은 한국식 돈까스여도 왕돈까스류나 백반 돈까스류에는 김치를 비롯한 깍두기, 단무지 등이 잘 어울리는 반면, 경양식 돈까스, 게다가 빵이 나오는 돈까스에는 너무 맛이 강한 반찬은 오히려 조화를 해칠 염려가 있기에 깍두기와 단무지는 그대로 두고 양배추 샐러드만 가져온다.

기다리느라 지루할 틈 없이 금방 돈까스가 나온다. 접시에는 존재감을 양껏 뽐내는 빵과 돈까스 그리고 수프만이 올려져 있다. 여기에 빵에 곁들일 버터는 따로 가져다준다. 빵이야 의심할 나위 없이 직접 구워낸 빵인데 수프 또한 범상치 않다. 입맛을 돋우기 위해 먼저 한 입 떠먹어본다. 은은한 단맛이 깔리는 가운데, 우유의 고소한 맛과 적절한 감칠맛이 깊은 여운을 남긴다. 시판용 '스프'와는 역시나 비교가 불가능한 맛. 우유에 밀가루를 넣어 손수 저어가며 볶은 수프의 맛이다. 빵도 빵이지만 이런 수프도 흔치 않은데 애피타이저부터 강렬한 행복감이 치고 들어온다.

식빵을 자그맣게 축소한 듯한 빵은 식빵보다도 한층 결이 부드럽다. 살포시 한 조각 찢은 다음 버터에 찍어 맛을 본다. 좋은 음식에서 '맛'이 지니는 진정한 의미는 마지막 방점을 찍고 음식 전체를 아우르는 데에 있다. 이미 맛을 보기 전에 눈으로 모습을 쫓고, 냄새로 상상하며 입에 넣는 순간의 감촉과 씹을 때에 들리는 소리로 음식의 틀은 어느 정도 완성되는데, 그런 면에서 에버그린의 빵은 오감을 만족시키기에 부족함이 없다. 따로 내주는 버터는 또 얼마나 훌륭한지. 과하지도 모자라

지도 않게 자신이 맡은 역할을 해내는 조연 배우처럼, 버터는 존재감을 강하게 드러내지 않는 선에서 빵을 맛있게 즐길 수 있게 보좌한다. 이런 버터가 갖춰야 할 제일 덕목은 빵에 바르기 쉬워야 한다는 점이다. 식당에서 식전 빵과 같이 주는 작은 플라스틱 용기에 담긴 버터가 너무 단단하여 빵에 바르기 곤란했던 경험을 떠올리면 바로 이해가 될 것이다.

만약 가게의 편의성과 효율만 생각했다면 셀프 코너에 버터를 잔뜩 두고 손님이 알아서 가져다 먹는 방식을 취했을 텐데, 버터나이프조차 필요 없이 그대로 빵을 찍어 먹을 수 있는 상태의 버터를 일일이 작은 용기에 담아 내준다는 점은 고객의 관점에서 세세한 부분까지 얼마나 깊이 생각했는지 보여주는 단면이라 할 수 있겠다.

빵과 수프에 정신이 팔려 정작 돈까스를 홀대한 느낌이다. 고운 튀김가루를 사용하여 알맞게 튀긴 돈까스는 화려하지 않지만 특별히 떨어지는 면도 없다. 전형적인 왕돈까스보다는 약간 두툼한 고기에 밑간은 약한 편이다. 소스 맛이 데리야키소스에 가까울 만큼 단맛과 짠맛이 강하여 일반적인 한국식 돈까스소스치고는 과한 느낌을 준다. 추측하건대, 아마도 빵과 같이 먹는다는 점을 계산하여 균형을 맞춘 듯하다. 돈까스 샌드위치인 카츠산도에 들어간 소스를 떠올려보면 단박에 납득이 간다. 빵과도 잘 어울리면서 덤으로 먹을 수 있는 밥에도 잘 어울리는 맛으로, 이 역시 우연이 아니라 치밀한 계산을 바탕으로 나온 결과일 것이다.

　메인 접시만으로도 충분한데 밥과 샐러드까지 넉넉하게 곁들여 먹었더니 포만감이 엄청나다. 여기에는 단순히 물리적 포만감뿐만 아니라 정신적 포만감도 상당한 지분을 차지하고 있으리라. 돈까스에 빵을 내놓는 것만으로도 프리미엄이 붙는 시대에, 직접 구운 빵과 직접 끓인 수프를 함께 내며 작은 요소 하나까지 세심하게 배려하는 가게. 바쁘게 움직이는 중에도 들어오는 손님과 나가는 손님에게 하나같이 친절하게 인사를 건네는 직원들. 처음부터 끝까지 음식 내외적으로 이렇게 기분 좋은 경험을 주는 가게는 흔치 않다.

　한때 인터넷 게시판마다 댓글로 "나는 경기도 안양의 이준영이다!"를 달고 다니는 네티즌이 있었다. 나중에는 꽤나 유명해지고 안양시 홍보에 도움이 됐다 하여 안양시에서 시민 대상을 받기까지 했는데 안양에는 비단 이준영만 있는 게 아니다. 어디에 내놓아도 뒤지지 않을 훌륭한 경양식 돈까스가 안양에 있다. '나는 경기도 안양의 에버그린이다!' 자신만만히 안양의 얼굴임을 자부할 만한 에버그린. 그 이름처럼, 언제나 변치 않고 푸르르길 바란다.

■ 에버그린

주소	경기 안양시 동안구 인덕원로 29-16
전화번호	031-425-435
영업시간	화~금요일 11:00~16:00, 토요일 11:00~17:00
휴무일	월요일, 일요일
가격	돈까스 10,500원

사랑하는 것과
더 사랑하는 것이 만날 때

Spot   카리카리
Menu   돈까스카레

카레를 좋아한다. 개가 사람을 무는 것보다 사람이 개를 물어야 더 큰 뉴스거리가 되듯, 카레를 좋아하지 않으면 모를까, 카레를 좋아한다고 고백하는 것은 이상한 일이 아니다. 최소한 내 주변 사람들 태반은 카레를 무척 좋아한다. 나는 카레를 돈까스만큼이나 좋아하여 수없이 만들어 먹고, 외국 생활 중에도 꾸준히 해 먹고, 잠깐이나마 카레 가게까지 열었을 정도다. 카레를 처음 먹은 때가 언제인지 기억할 수 없다. 하지만 카레가 무엇인지 인식한 때에는 이미 카레를 좋아하고 있었다. 내가 떠올릴 수 있는 가장 오래된 기억 너머부터 함께해온 유서 깊은 음식이 바로 카레다.

　　사람들은 왜 카레를 좋아할까? 어떤 음식을 좋아하는 가장 큰 이유야 당연히 맛있기 때문이겠지만, 이 '맛있다'는 말을 달리 풀어보자면 그만큼 많은 사람에게 익숙하다는 뜻 아닐까. 상쾌하게 코를 자극하는 향신료의 향, 단맛과 짠맛, 신맛과 감칠맛이 절묘하게 어우러진 따뜻하고 부드러운 수프. 카레에는, 살면서 수없이 먹어왔지만 먹을 때마다 '새로운 그리움'을 떠올리게 만드는 마법 같은 힘이 있다. 음식 외적으로도 장점이 많다. 혼자서 많은 양을 만들기가 그리 어렵지 않으면서 또 누가 만들든 맛의 차이가 아주 크게 나지 않는다. 냉장고만 있으면 보관하기 쉽고 다시 가열하여 간편하게 먹기도 좋다. 취향에 맞게 재료를 더하고 빼는 데에 큰 제약이 없고, 영양 균형을 맞추기도 쉬운 편이다. 여러 면에서 가성비가 훌륭한 음식으로 쉽고 편하고 익숙하다. 이러하니 사람들이 카레를 사랑할 수밖에 없다.

내가 사랑하는 카레와 내가 정말 사랑해 마지않는 돈까스가 만나 그야말로 내겐 '금상첨화'인 음식이 있다. 바로 카츠카레다.

나는 카레와 돈까스를 한번에 맛볼 수 있는 카츠카레를 감히 '일식의 정수'로 꼽는다. 카레와 돈까스 둘 다 일본에서 시작한 음식은 아니지만 일본에서 재해석되었고, 그 스타일이 다시 세계로 뻗어나갔다. 그런 두 음식을 합친 것이 카츠카레이기 때문이다. 물론 '후라이드치킨'을 한식으로 인정하지 않는 사람들처럼 돈까스도 카레도 '정통' 일식이 아니라며 마뜩잖게 생각할 사람들도 있겠지만, 일본에서 흔히 맛볼 수 있는 카츠 카레를 일식이 아니라고 말할 사람은 없을 것이다.

　자, 이제 이 훌륭한 일식의 정수, 카츠카레가 맛있는 가게 이야기를 할 차례. 음식에서는 대개 맨 뒤에 붙는 이름이 그 음식의 범주를 결정하는데, 카츠카레 역시 이름의 맨 끝에 오는 '카레'가 중심이므로 여기서 소개할 가게는 돈까스 가게가 아니라 카레 가게다. 약 15년 전 이화여대 앞에서 영업하다가 최근 일산에 다시 문을 연 '카리카리'를 소개한다.

　도쿄의 기치조지는 도쿄에서 가장 살고 싶은 동네 1위에 단골로 꼽히는 지역으로 아기자기한 가게들과 맛집이 즐비한데, 특히나 맛있는 카레 가게가 패권을 다투는 곳이기도 하다. 여기서 단 하나의 가게를 꼽으라면 별 고민 없이 가장 먼저 이름이 나올 법한 가게가 바로 '마메조(まめ蔵)'다. 일본의 맛집을 총망라해놓은 사이트 타베로그에서 부동의 지역 1위 카레집이자, 2019년과 2020년 연속으로 도쿄 카레 백명점(百名店)에 뽑힌 강자다. 걸쭉하고 진한 카레에 시선을 강탈하는 육중한 덩어리 고기가 트레이드마크로 항상 손님들로 문전성시를 이룬다. 나도 소문을 듣고 방문했을 때에는 개점 한 시간 전부터 줄을 서서 들어갔던 기억이 난다. 난데없이 도쿄에 있는 카레집 이야기를 하는 이유가 있다. 일산의 카리카리가 바로 마

메조 사장님의 동생이 운영하는 가게이기 때문이다.

　　주문을 하며 마메조에서도 카레를 먹은 적이 있다는 이야기를 하니 멋쩍어하는 사장님. 얼굴에서 왠지 '마메조 같은 카레를 기대하면 곤란한데…' 같은 표정이 잠시 스쳐 지나가는 듯도 하다.

　　심플카레를 비롯하여 야채, 버섯, 비프 등 흔히 볼 수 있는 메뉴들 가운데 오늘의 목적 '돈까스카레'가 눈에 띈다. 카츠카레는 앞에서도 말했듯 일본식임을 강조하기 위해 "카츠카레"라고 표기할 때가 많은데, "돈까스카레"라고 표기하니 약간 낯선 느낌도 든다.

　　음식이 나오기 전에 식기와 반찬을 먼저 내준다. 카레에 김치가 없으면 아쉬운 한국인들처럼 일본인들은 카레에 후쿠진즈케(福神漬け)를 곁들여 먹는다. 카리카리에서도 김치 대신 후쿠진즈케와 단무지가 나온다. 매운맛 없이 부드럽고 깊은 맛을 내는 일본식 카레라면 자기주장이 강한 김치는 맛의 조화를 해치므로 그보다 순한 맛을 내는 반찬을 내는 편이 어울린다. 후쿠진즈케는 무, 순무, 오이, 우엉, 작두콩, 연근, 차조기 등 일곱 가지 채소로 만든 장아찌로 일본에서는 카레 가게에서 단골 반찬으로 볼 수 있는 반면, 그 외에는 반찬으로 거의 찾아보기 어려운 음식이다. 카레와 후쿠진즈케를 함께 내는 전통

은 의외로 역사가 깊어 1900년대 초반, 일본 최대 해운 회사인 NYK의 전신이라고 할 수 있는 일본우선주식회사(日本郵船株式会社)의 유럽 항로에서 1등석 식사로 카레와 함께 낸 것이 시초라고 한다.

한편 우리나라에도 후쿠진즈케와 아주 비슷한 반찬이 있는데 오복채라고 부른다. 후쿠진즈케가 일곱 가지 채소로 만들기에 칠복신을 뜻하는 시치후쿠진(七福神)에서 따왔다는 설이 유력하다는 점을 떠올리면, 오복채 역시 이름이나 형태로 봤을 때 같은 뿌리를 갖는 음식일지도 모르겠다. 참고로 오복채는 무, 연근, 오이, 다시마, 우엉, 이렇게 다섯 가지 채소로 만든다(재료는 만드는 사람에 따라 조금씩 달라지기도 한다).

이윽고 나온 돈까스카레. 카레답게 향신료 냄새가 코를 찌르며 식욕을 자극한다. 카레라면 으레 노란색 카레에 감자와 당근, 고기 등 재료를 큼지막하게 썰어 넣은 모습을 떠올리기 쉽지만, 일본의 카레는 다르다. 여러 가지 채소를 구워 올리는 수프카레가 아니고서는 고기와 버섯을 제외한 채소는 갈아서 넣는 방식이 많다. 카리카리의 카레 역시 간간이 눈에 띄는 버섯을 빼면 나머지 재료는 모두 갈아 넣은 듯 걸쭉하고 깊은 채소 육수의 맛이 일품이다.

카츠카레에서 돈까스는 주되는 부분이면서도 조연에

머물러야 하기에 다소 얌전한 인상을 주는 게 일반적인데, 카리카리 역시 이 문법을 충실히 따랐다. 충분히 두꺼운 등심에 입자가 고운 빵가루를 묻혀 단단하고 바삭하게 튀겼다. 입자가 거친 빵가루를 쓰면 바삭바삭함이 과하여 텁텁한 인상을 주고 또 조연에 머물러야 할 돈까스가 도드라질 수 있는데, 어느 정도 절제하면서도 튀김옷은 단단하니 카레와 함께 먹어도 눅눅하지 않은 선에서 훌륭히 어우러져 두 음식을 '따로 또 같이' 즐길 수 있다.

오랜만에 느끼는 만족스러운 일식의 정수. 다 먹고 여운을 즐기고 있자니 서비스로 아이스커피를 한 잔 내준다. 입 안 가득한 향신료의 끝맛을 깔끔하게 정리해주는 완벽한 후식 아닌가.

카리카리라는 이름이 재미있어 사장님께 여쭤보니, 처음에는 카레, 커리와 비슷한 발음으로 별생각 없이 붙인 이름이었다고 한다. 이후에 힌두교에 칼리 신이 있다는 사실을 알았고, 여기에 이끌려 알파벳으로는 "kali"라고 쓰기 시작했다고 한다. 나는 조금 다른 관점에서 가게 이름을 잘 지었다는 생각이 들었다. '카리카리(かりかり)'는 일본어로 바삭한 음식을 먹을 때 나는 소리를 나타내는 의성어다. 카레는 부드러운 음식이므로 먹을 때 이런 소리가 나지 않지만, 돈까스가 함께 나오

는 카레라면 당연히 "카리카리" 소리가 나지 않겠는가? 전혀 의도하지 않았지만 결국 카츠카레에 딱 맞는 가게 이름이 아닌가 싶다. 마침 테이블도 전부 바깥에 있는 테라스형 점포이니 어느 날씨 좋은 오후, 향긋한 카레와 함께 "카리카리" 돈까스를 먹으며 느긋한 시간을 보내면 어떨지.

■ 카리카리

주소	경기 고양시 일산서구 한류월드로 300
전화번호	0507-1442-6666
영업시간	11:30~19:30
휴무일	월요일
가격	돈까스카레 11,000원

새로운
전통이 되다

<u>Spot</u> 가츠시
<u>Menu</u> 돈까스김치나베

오늘도 잠자리에서 일어나기 전 한껏 게으름을 부리며 트위터로 뉴스를 보다가 재미있는 기사를 발견했다. 《뉴욕타임스》에 올라온 '길거리 토스트' 레시피였다.

　외국인에게 한국에서 왔다고 하면 "노스 오어 사우스(North or South)?"가 반사적으로 튀어나오고 그런 양상을 띠는 대화가 진절머리가 난 나머지, "덜 알려져 있지만, 웨스트(West)도 있는데? 난 웨스트 코리아(West Korea) 출신"이라며 상대를 놀리던 때는 이미 기원전처럼 오래된 이야기다. 외국 매체에서 한식을 소개한다 하여 '국뽕'에 차올라 감격하던 시대도 진즉 지나갔다. 다만 재미있는 점은 "두 유 노 김치?", "두 유 노 불고기?"가 아니라, 한국인들 사이에서도 이게 한식인지 아닌지 논란이 일 법한 음식이 소개된다는 점이다. 게다가 당당히 제목에 "Gilgeori Toast"라고 한국어 발음대로 먼저 표기한 후에

"Korean Street Toast"로 부연 설명을 하는 점도 확실히 시대 변화를 느낄 수 있는 지점이다. 더 이상 부침개를 korean pizza로 이야기하지 않아도 되는 세상이 도래했다. 일본의 스시가 외국에서 sushi로 그대로 통하는 걸 부러워하지 않아도 된다. 놀라운 일이다.

기사를 읽다가 외국인들 사이에서 큰 화제를 불러일으킨 음식이 떠올랐다. 일명 '도깨비 핫도그'. 동대문 시장 일대에서 흔히 볼 수 있는, 튀김옷에 감자를 넣어 튀긴 음식 말이다.

우리나라에서 핫도그라 하면 대개 막대기에 소시지를 끼우고 반죽을 입혀 튀겨낸 음식을 떠올리는데, 이런 형태의 음식을 미국 등지에서는 콘도그(corn dog)라 한다. 미국 텍사스주에 정착한 독일 이민자들이 처음 만들었다고 알려져 있다.

그런데 작게 깍둑썰기 한 감자를 반죽에 입혀 튀겨낸 도깨비 핫도그가 과연 미국이나 독일 음식일까? 횟집에서 '쓰키다시'로 나오는 메뉴 중 빠지면 섭섭한 '콘치즈' 역시 마찬가지다. 옥수수 알갱이에, 우리의 전통과는 거리가 먼 치즈와 마요네즈를 뿌린 이 달달한 애피타이저는 누가 뭐래도 엄연한 한식이다. '후라이드치킨'은 어떠한가. 설령 켄터키 출신이라 한들 한국식 프라이드치킨을 먹어보면 놀라움을 금치 못할 거라 감히 자신한다. 언제까지 김치, 불고기, 비빔밥만이 한식의 적

장자라 주장할 수는 없다.

　몇 년 전, 스웨덴에서 잠시 지내는 동안 어떤 보수 정치인이 신문에서 이런 주장을 펼친 것을 본 적이 있다.

　"스웨덴의 훌륭한 전통은 어디로 갔는가? 우리는 전통을 지키고 계승해야 한다. 케밥피자 따위가 정녕 스웨덴 음식이란 말인가?"

　케밥피자는 스웨덴에서 가장 흔한 피자 중 하나로, 이름 그대로 피자 토핑으로 케밥에 들어가는 얇게 썬 고기와 소스, 할라피뇨 등을 얹은 피자인데, 그 맛이 정말 기가 막히다. 케밥도 피자도 스웨덴에서 유래한 음식은 아니지만 나는 이 케밥피자가 스웨덴 음식의 정수라고 생각한다. 외국에서 들어온 식문화에 현지 식재료를 가지고 이민자가 만들어낸 실로 아름다운 음식, 이게 왜 새로운 전통이 되면 안 되는가?

　또다시 돈까스 이야기를 안 할 수가 없다. 돈까스가 어엿한 우리의 음식이라는 데에 이견을 낼 사람은 없을 것이다. 최근에는 일본식 돈까스가 유행하면서 일본식은 점점 더 일본 현지 스타일에 가까워지는 반면, 한국식 돈까스는 한식으로서 뿌리를 굳건히 지키며 외연을 확장해나가고 있다. 앞서 살펴보았지만, 한국식의 양대 산맥인 경양식 돈까스와 왕돈까스는 물론, 백반 돈까스, 분식 돈까스 등이 훌륭히 현지화된 사례라 할

새로운 전통이 되다

수 있는데 여기에 더해 우리 돈까스 문화의 전통을 새롭게 이어갈 돈까스를 소개해볼까 한다. 서울 마포구에 있는(내가 방문한 곳은 마포구의 본점으로 이곳 외에도 건국대점과 광나루점 2개의 지점이 있다) '가츠시'의 '돈까스김치나베'라는 음식이다.

　　가츠시와의 첫 만남은 무척 충격적이었다. 이른바 가성비 좋은 가게라는 이야기를 듣고 갔는데, 웬걸. 가성비로 평가하기에는 너무 미안할 정도로 질 좋은 돈까스를 선보였기 때문이다. 음식에서 가격과 맛, 양을 기준점으로 삼을 때 한 가지만 괜찮아도 나쁘지 않은 가게, 두 가지가 충족되면 무척 훌륭한 가게이며, 세 가지를 충족하는 가게는 거의 바랄 수 없는데, 수년 전 가츠시는 단돈 6,000원에 결코 맛볼 수 없는 훌륭한 돈까스를 내어 '건물주가 취미로 장사하나?' 싶은 생각이 들게 만드는 가게였다. 기본인 등심이나 안심 돈까스도 훌륭하지만 뭐니 뭐니 해도 대표 메뉴인 돈까스김치나베를 먹지 않고서는 가츠시의 진가를 안다고 할 수 없다.

　　이름부터 의미심장하다. 돈까스와 김치와 나베라니. 커틀릿이 일본을 거쳐 한국에 들어오면서 외국어와 외래어를 거쳐 한국어가 된 돈까스에, 고유어인 김치, 일본어인 나베(鍋)가 하나의 메뉴 이름 안에 다 들어 있다. 이 사실만으로 이미 많은 점을 시사한다. 그런데 조어 과정이 복잡한데도 의외로 입에 착착 달라붙는 듯한 이 느낌은 왜 그럴까? 아, 그렇지. 우리나라 사람들은 이런 말에 이미 익숙하다. '팀장님(team長님)'이 아무렇지 않은 일상어이며 '킹왕짱(king王짱)'이 한 시대를 풍미한 유행어였는데 돈까스김치나베가 대수랴. 그런데 왜 하필 나베일까? 사실 이 돈까스김치나베는 가츠시에만 있는 메뉴는 아니다. 이미 꽤 많은 일본식 돈까스 체인점이나 덮밥집에서 흔히 볼 수 있는 메뉴인데, 아마도 이런 일식을 주종으로 하는 가게에서 먼저 만들었기에 일식 느낌을 주는 나베라는 단어를 굳이 사용하지 않았을까?

나베는 우리말의 냄비와 같다. 냄비라는 단어 자체가 일본어 나베에서 유래했는데, 우리나라에서는 냄비라는 단어를 조리 도구를 가리키는 말로만 쓰는 데 비해 일본에서는 '모쓰나베'나 '찬코나베'처럼 요리 이름에도 자주 쓴다. 우리 문화를 기준으로 나베를 생각해본다면 쓰임새로는 냄비보다는 뚝배기에 가깝다고도 할 수 있고, 요리 형태로는 전골이 가장 어울린다.

아니나 다를까, 가츠시의 돈까스김치나베는 냄비보다는 뚝배기와 비슷한 그릇에 담겨 나온다. 얼큰한 냄새가 폴폴 풍기는 가운데, 메뉴 이름에는 안 들어가 있지만 '현대 한식'에서 빼놓으면 아쉬운 치즈가 찐득하니 녹아 있다. 매우면 매운

맛을 줄이는 게 아니라 치즈를 넣는다는 최근 외식 트렌드를 충실히 반영한 것. 여기에 돼지고기를 넣은 김치찌개나 김치찜과는 차별되는, 자작한 김치 국물에 눅눅해진 튀김옷을 입은 돈까스를 먹는 재미가 쏠쏠하다. 단맛이 조금 과한 감도 없지는 않지만, 짜고 매운맛에 더해져 '단짠'이 조화를 이루고, 또 한식이면서 상대적으로 달달한 일식 느낌도 준다는 관점에서 보면 역시 재미있는 요소가 된다. 이러하니 밥도둑이 되지 않으려야 않을 수 없다. 밥 한 공기가 뚝딱 사라진다.

지금은 당연하다고 생각하는 고춧가루를 넣은 빨간 김치는 한민족 역사 전체로 놓고 봤을 때 '전통'이라고 하기에는 무척 최근 음식이다. 단군 할아버지가 보시기에는 빨간 김치나 치즈등갈비나 같은 '오랑캐' 음식에 지나지 않을 수도 있다는 말이다. 코로나 팬데믹으로 잠시 주춤했지만, 가속화되는 세계화 속에서 가장 수혜를 입으며 발전한 문화 중 하나가 음식 문화라고 생각하는데, 한식이 세계로 뻗어나가며 현지화 되고 또 새로운 음식으로 재창조 되는 과정을 보며 즐거움을 느낀다면, 반대로 외국 음식이 한국에 들어와 정착하고 한식과 조화를 이뤄 새로운 형식으로 거듭나는 상황도 기꺼이 즐기고 받아들여야 할 것이다.

인류 역사를 돌이켜보면 큰 변화와 발전은 문화와 문화

가 어우러지는 지점에서 일어났다. 강박관념을 가지고 항상 새로운 문물에 도전할 필요는 없지만, 고까운 마음을 버리고 열린 자세를 유지한다면 훨씬 더 다양하고 재미있는 세계를 즐길 수 있다. 특히나 그 카테고리가 음식이라면 두말할 필요가 없다.

■ 가츠시(본점)

주소	서울 마포구 동교로18길 50
전화번호	02-332-340
영업시간	11:00~21:30
휴무일	연중무휴
가격	돈까스김치나베 11,000원

전국 최고의
학생식당

Spot   한국외대 학생식당
Menu   카레돈까스

조삼모사(朝三暮四)의 고사를 처음 들었을 때 사실 납득이 잘 가지 않았다. 아침에는 도토리를 3개 주고 저녁에 4개를 준다고 하니 불만이던 원숭이들이, 반대로 아침에 4개를 주고 저녁에 3개를 주니 기뻐하였다는 이 고사에는, 원숭이들을 은근히 얕잡아 보는 시선이 투영되어 있는 것 같았기 때문이다. '과연 원숭이가 정말 멍청해서 그랬을까요?'라는 생각이 머릿속을 떠나지 않았다. '아침은 든든히, 저녁은 가벼이' 이렇게 말하면 당연하다는 듯이 받아들이는 게 요즘 상식 아닌가? 실은 원숭이들도 활동을 시작할 아침에 더 먹고, 잠자리에 들기 전에 덜 먹는 편이 낫다고 생각했을지 모른다. 전체 양이 같거나 결과가 같다 하여 세부 내용과 과정은 어떻든 상관없다는 사고방식이야말로 우매하기 짝이 없다. 단언컨대 조삼모사와 조사모삼은 다르다.

앞에서 소개한 카츠카레('카리카리' 편 참조)와 쌍벽을 이루는 영혼의 쌍둥이가 있다. 바로 카레돈까스다. 뜬금없이 조삼모사 이야기를 꺼낸 이유를 이제 눈치채셨을지. 카츠카레와 카레돈까스는 사실상 똑같은 단어 2개로 만든, 순서만 다른 단어 조합이지만 음식으로서는 완전히 다르다.

평소에도 카츠카레와 카레돈까스는 다른 음식이라는 이야기를 자주 하기 때문에 어떻게 다르냐고 묻는 사람들이 있다. 앞에서도 한 이야기지만, 음식 이름에서 흔히 마지막에 오는 단어가 그 음식의 범주를 나타내기 때문에 일단 단어 순서가 다르면 범주도 완전히 달라진다. 카츠카레는 돈까스를 토핑으로 하는 카레이므로 대개 카레 가게에서 판다. 그렇다면 카레돈까스는? 카레를 소스로 쓰는 돈까스이므로 돈까스가 중심이다. 다른 점은 또 있다.

굳이 카츠카레라는 표현으로 계속 쓰는 이유는 이 메뉴가 일식에서 왔기 때문이다. 그런데 카레돈까스는 어떠한가? 이것은 한식이다. 단순히 일본식 돈까스에 일본식 카레를 부으면 카레돈까스일까? 아무래도 어색하다. 똑같은 구성을 순서만 바꾸었을 뿐인데 일본에서 쉽사리 찾기 어려운 음식이 되어버린다. 카레돈까스라면 역시 노란 빛깔 카레에 감자와 당근, 고기가 큼지막하게 들어가야 하고 그 밑에 깔린 돈까스를 통째로 나이프로 썰어 먹어야 먹는 기분이 나는 법이다.

일본식 카레는 채소류를 다 갈아서 넣는 게 일반적이라고 했는데, 물론 일본이라고 크고 푸짐한 건더기가 들어간 스타일의 카레가 없는 것은 아니다. 이렇듯 채소를 큼지막하게 썰어 넣은 음식을 일본에서는 '시골풍(田舍風)'이라는 단어를 붙여 부른다. 그래서 카레도 한국식에 가깝게 만들면 시골 카레(田舍カレー)가 된다.

그러고 보면 이 '풍'이라는 말이 참 재미있다. 특히 음식에서는 '정통은 아니지만 왠지 그 느낌이 나는 방식'으로 만들면 '××풍'이라는 말을 쓴다. 그래서 어떤 음식이 '이탈리아풍'이라고 하면 정통 이탈리아 음식이 아니라 올리브를 넣거나 올리브유를 사용한 음식이다. 그렇다면 '한국풍'이란 무엇일까? 역시나 별거 아니다. 고추장이나 참깨 기름(한국 참기름보다는 뉘앙스가 약하다)을 넣었으면 다 한국풍이다.

카츠카레는 카레 가게, 특히 일본식 카레 가게에서 흔히 볼 수 있는 메뉴다. 그렇다면 카레돈까스 역시 돈까스 가게에서 쉽게 볼 수 있어야 하는데 실상은 그렇지 못하다. 오히려 돈까스 가게보다 자주 볼 수 있는 곳은 학교나 병원, 군대처럼 대량 조리를 하는 급식 시설이다. 시판용 카레 가루와 공장제 돈까스를 쓰면 쉽고 빠르게 또 대량으로 만들어도 어느 정도 이상 맛을 보장하기 때문일 텐데, 돈까스를 전문으로 하는 가게에서는 카레까지 신경 써서 만들기에는 손이 달리고 그렇다고 레토르트 카레를 쓰거나 대충 만들자면 격이 떨어진다 생각해서인지 잘 보이지 않는다. 급식 시설을 제외하면 분식집이나 음식 가짓수가 많은 식당에서도 종종 볼 수 있다. 전문점이 아닌 만큼 돈까스든 카레든 음식의 질 자체에 큰 의미를 두지 않으므로 전부 시판용으로 사서 쓰기 때문이다.

이러한 한계가 있어 카츠카레와 달리 훌륭한 카레돈까스는 좀처럼 만나보기 어렵다. 하지만 해답이 있으니 또 이렇게 글을 쓴 게 아니겠는가. 대량 조리가 가능하다는 외적 장점을 충족하면서 음식의 질과 가격까지 다 잡은 유니콘 같은 가게가 있다. 정확히 말하면 가게가 아닌 식당이다.

한국외국어대학교 서울 캠퍼스의 학생식당. 통칭 '외대 학식'은 예로부터 싸고 맛있는 학식으로 이름을 떨쳐왔다. 학교 이름에 들어가는 '외국어'보다도 오히려 학식이 유명할 정도이니 학교로서는 약간 자존심이 상할 만도 하다. 현재 가격은 3,500원부터 시작하는데 이것도 최근에 오른 가격이고, 1~2년 전만 하더라도 2,000원짜리 메뉴가 있었을 만큼 저렴했다. 이처럼 싸고도 맛있는 식사를 제공할 수 있는 이유는 급식 업체가 아니라 학교에서 직접 운영하여 이윤을 남기지 않는 덕분이다.

한때 기숙사 건물이 생기면서 기숙사에는 급식 업체가 운영하는 식당이 새로이 들어왔는데, 업체가 두어 번 바뀌더니 결국에는 사라졌다. 어떤 기업이 들어오든 도저히 가격과 품질 경쟁에서 기존 학식을 이길 수 없었기 때문이다.

외대 학식에는 전통적 강호 메뉴가 몇 가지 있다. 통칭 '상불비(상추 불고기 비빔밥)', 갈비탕, 돈까스 등인데, 특히 돈까스는 공장제가 아니라 직접 식당에서 만드는 것으로 유명하다. 돈까스 중에서도 최상급 수준을 자랑하는 치즈돈까스가 나오는 날이면 웬만한 맛집 뺨치게 줄이 길어, 조금 늦으면 다 떨어져 먹을 수 없는 일이 태반이었다. 카레돈까스 역시 같은 돈까스를 쓰는데 여기에 그 특별함이 있다. 앞서 말했듯이 돈까스 전문점에서는 카레까지 신경 쓰기 귀찮으니 잘 하지 않고, 분식집에서는 질 낮은 공장제를 내는데 외대 학식에서는 돈까스를 직접 만들기 때문에 좀처럼 맛보기 어려운 맛있는 카레돈까스를 먹을 수 있다.

우리의 음식이라고 당당히 말할 수 있는 카레돈까스는 김치와 찰떡궁합이다. 흔히 한국식 카레라 부르는 노란색 카레 가루로 만든 카레는 향신료 비중이 적고, 재료는 큼직하게 썰어 나중에 넣기 때문에 카레 자체가 내는 맛은 단순하고 얄은 편이다. 갖가지 향신료의 풍미가 강한 인도 커리나 재료를 갈아 넣어 제법 깊은 맛이 나는 일본식 카레와 달리 한국식 카레는 김치가 활약할 수 있는 판을 깔아준다. 그렇기에 김치와 함께 먹어야 비로소 완성되는 느낌이 있다. 김치를 좋아하는 것과 김치가 어울리는 것은 조금 구별해야 할 필요가 있는데, 김치를 그다지 즐기는 편이 아님에도 김치는 의심할 여지가 없이 카레돈까스의 러닝메이트라고 생각한다.

카레돈까스의 정확한 메뉴 이름은 '카레돈가스덮밥'이다. 일본에서는 덮밥을 돈부리(丼ぶり)라 부르며 사발에 내는 데 비해 우리나라 덮밥은 넓은 접시에 내는 게 일반적이다. 돈부리는 손에 들고 젓가락으로 먹지만, 덮밥은 식탁에 두고 숟가락으로 먹는다. 커틀릿과 커리를 돈까스와 카레로 재해석해 합친 카츠카레. 일본에서 재해석한 돈까스와 카레가 다시 현지화를 거쳐 한국식이 된 후 덮밥 형태로 태어난 카레돈까스. 이 영혼의 쌍둥이를 비교하며 먹어보면 색다른 재미를 느낄 수 있다.

외국어를 배우다 보면 그 나라의 문화 또한 자연스레 알아가기 마련이다. 문화 중에서도 특히 음식 문화는 실생활과 밀접한 연관성이 있으며 많은 사람이 함께 즐길 수 있기 때문에 더더욱 관심이 높을 수밖에 없는데, 세계 각국을 돌고 돌아 완성된 한국식 돈까스와 카레, 그게 다시 하나가 된 카레돈까스를 외국어 교육으로 유명한 학교 식당에서 맛볼 수 있다니, 이보다 더 교육적인 일이 어디에 있겠는가! 부디 외국어를 공부하는 많은 학생들이 오랫동안 이 카레돈까스를 먹으며 외국어와 외국 문화 공부에 매진하기를 바라 마지않는다.

■ 한국외대 학생식당

주소	서울 동대문구 이문로 107, 인문관
전화번호	02-2173-2210
영업시간	아침 8:00~10:00, 점심 11:00~15:00, 저녁 16:40~18:40
휴무일	식당 일정에 따라 다름.
가격	3,500~4,000원

내일은
내일의 해가 뜨겠지

Spot 망원동즉석우동

Menu 돈까스

우동을 먹을 때마다 떠오르는 이야기가 있다. 「우동 한 그릇」
이라는 단편 소설인데, 사뭇 감동적인 내용으로 유명해 영화와
연극으로도 만들어졌다. 줄거리는 대략 이렇다.

　　매년 12월 31일 밤, 우동 가게를 찾아와 우동을 딱 한
그릇만 시켜 나눠 먹는 세 모자가 있었다. 얼마나 형편이 어려
우면 1년에 딱 한 번, 해가 넘어가는 날에 와서 한 그릇으로 셋
이 나눠 먹을까. 가게 주인은 딱한 생각이 들면서도 그들이 겸
연쩍어하지 않도록 1인분보다 훨씬 넉넉한 한 그릇을 대접한
다. 매년 그렇게 그해 마지막 날에 찾아오던 세 모자는 어느 순
간부터 오지 않았고 주인은 한 해의 마지막 날에는 행여나 그
들이 올까 하여 항상 테이블을 비워두고 기다린다. 세월이 흘
러 우동 값도 올랐지만 혹시라도 세 모자에게 부담이 될까 싶
어 저녁 시간이 되면 예전 가격표로 돌려놓고 기다린다. 그럼

에도 그들은 모습을 나타내지 않는다.

　　세 모자가 주인의 기억에서 잊혀가던 어느 해 마지막 날, 건장한 청년 두 명이 노모를 모시고 가게에 들어선다. 다들 예상했겠지만 그들은 바로 그 세 모자였고 두 아들은 잘 자라서 번듯하게 성공한 청년이 되었다. 오래전 형편이 어려웠을 때 항상 따뜻하게 맞아주던 가게 주인에게 감사를 표하고 드디어 우동 세 그릇을 주문한다. 주인도 기쁜 마음과 감동으로 주체할 수 없는 눈물을 애써 참아가며 우동을 만든다. 훈훈한 이야기다.

　　이 이야기의 반전은 소설 외부에 있다. 원작은 「소바 한 그릇(一杯のかけそば)」이라는 제목이다. 우리나라에서는 새해에 떡국을 먹듯 일본에서는 섣달그믐에 해넘이소바(年越しそば)를 먹는 풍습이 있는데, 그래서 소설에 나오는 세 모자는 어려운 형편에도 또 한 해를 무사히 보낸 것을 축하하며 소바 한 그릇을 나눠 먹은 것이다. 그런데 이 이야기가 우리나라로 건너오면서 뜬금없이 소바가 우동이 되어버렸다.

　　사람마다 받아들이는 느낌이야 다를 테지만, 한 해를 마무리하는 마지막 날 저녁에 먹는 음식으로 소바는 간소하면서 정취가 느껴지지만, 우동은 어떠한가. 면발이 굵고 푸짐하다는 느낌 때문인지 탐욕스럽다는 기분이 들지 않는지. 이 소설을 처음 읽었을 때에는 이야기에 얽힌 문화적 배경을 전혀 몰랐기에 감동적이라는 생각은 했지만, 한편으로는 '왜 꼭 우동을 먹어야 하지?'라는 의문이 들기도 했다.

왜 하필 우동이었을까? 아마도 소설의 번역자가 생각하기를, 우동은 분식집에서도 중국집에서도 흔히 볼 수 있는 음식이고 그러면서도 그 기원은 일본에 있으니, 비교적 생소한 소바보다는 우동이 낫다 싶었던 게 아닐까? 비슷하게 소박한 느낌을 주는 면이라면 차라리 국수가 더 나았을 법하지만, 국수는 싼 가격으로 집에서도 간단히 해 먹을 수 있는 음식인 반면, 우동은 외식 메뉴에 가깝기 때문에 우동으로 정한 것이 아닐까. 물론 번역자에게 직접 확인하지는 않았으니 그저 추론에 지나지 않지만 말이다. 여하튼 소바가 홍길동도 아닐진대 소바를 소바라 부르지 못하고 우동으로 번역한 바람에 느낌이 크게 달라졌으니, 원작 소설도 재미있지만 '비하인드 스토리'를 알고 나면 더욱 흥미진진한 이야기가 된다.

우동은 원래 중국에서 기원해 일본에 전해진 음식이라는 설이 유력한데, 그래도 역시 '우동' 하면 일본 음식이라는 인식이 강하다. 우리나라에는 일본식 우동 외에 한국식 우동, 중국식 우동도 오랜 세월 각자 발전하여 서로 다른 고유한 개성을 지닌 음식으로 정착했다. 일본식 우동이 탄탄한 면발과 깔끔한 국물을 중시한다면, 중국집에서 맛볼 수 있는 중국식 우동은 깊고 시원한 국물과 푸짐한 건더기를 자랑한다. 한국식 우동은 또 어떠한가. 전날 한잔 거하게 걸쳤다면 얼큰하게 속을 풀어주는 이 맛에 비할 음식이 또 어디 있겠는가. 모두 우동이라는 이름으로 부르지만 각기 다른 맛과 재미를 주기에 지금도 많은 사랑을 받고 있는 게 아닐까.

우동은 돈까스와도 밀접한 관계를 지닌다. 일본식 돈까스 체인점에서는 돈까스를 비롯하여 우동과 덮밥, 소바에 초밥까지 파는데, '정식' 메뉴를 주문하면 미니 우동이 함께 나오는 경우가 많다. 이런 돈까스 체인점에서 내는 음식 조합은 한국식 일식이라 부르기에 손색이 없다. 돈까스에 곁들이는 미니 우동은 초밥에 곁들이는 '랏쿄(우리말로는 염교라 한다)'처럼, 우리나라에서 더 보기 쉬운 한국식 일식의 특징이라 할 수 있겠다.

일본식 돈까스 체인점에서 미니 우동을 내는 이유는 간단하다. 어차피 국물은 필요한데 메뉴에 우동이 있으니 우동 국물은 항상 준비해둬야 하고, 우동 전문점이 아니라 면도 기성품을 사용하니 국물을 내는 김에 면을 넣어 정식이라는 이름으로 팔면 수익 면에서도 도움이 되기 때문이다. 그런데 조금만 생각해보면 이 조합은 약간 기괴한 면이 있다. 일본식 돈까스이므로 밥이 함께 나오는 것은 당연한 일인데 밥과 튀김, 여기에 면을 곁들이는 식사라니 너무나도 '탄수화물 대잔치'가 아닌가. 게다가 이런 우동 국물은 감칠맛이 두드러지기 때문에 기름진 돈까스와 함께 먹으면 아무래도 쉽게 질리기 마련이다. 한국인이라면 응당 이럴 때에 칼칼한 국물 생각이 간절한 법인데… 좋은 방법이 없을까?

언제나 그렇듯 답을 찾아낸 이들이 있다. 아예 한국식 돈까스와 한국식 우동을 같이 먹으면 되지 않겠는가. 어느 시간대에 가더라도 줄 설 각오를 해야 하는 가게, 서울 망원동에 있는 '망원동즉석우동'에 가면 된다.

가게 이름에서 알 수 있듯이 돈까스 전문점은 아니다. 고춧가루를 뿌린 얼큰한 한국식 우동과 큼직한 왕돈까스를 함께 먹을 수 있는 우동 전문점이다. 메뉴는 간결하다. 돈까스와 우동 두 종류. 6,000원이라는 저렴한 가격으로 따끈한 우동이 한 그릇, 여기에 1,000원을 보태면 어묵이 푸짐하게 든 어묵우동이 나온다. 면은 우동보다는 오히려 칼국수에 가깝다. 화려하지는 않지만 고명으로 나오는 유부와 쑥갓이 먹는 재미를 더한다. 맵기는 세 단계로 고를 수 있는데 중간 맛도 꽤나 얼큰하기 때문에 매운맛에 약한 사람은 순한 맛으로 주문하자.

바삭하게 튀긴 큼지막한 돈까스에 소스를 뿌려 나오는

왕돈까스는 한국식 돈까스의 진수를 보여준다. 가니시로 나오는 마카로니 사라다와 '후르츠 칵테일'이 이 돈까스의 정체성을 뚜렷이 말해준다. 식사로도 나무랄 곳 없지만, 바늘 가는 데실이 가지 않으랴. 얼큰한 국물과 바삭한 튀김이 술을 부르는 현상은 우주의 섭리와도 같다. 코로나 팬데믹 이후로 영업시간 제한이 있어 밤에는 문을 닫지만 원래 24시간 영업을 하던 가게로, 초저녁 식사를 하는 손님부터 거나하게 한잔 걸치고 새벽녘 3~4차로 들르는 부류까지 남녀노소 다양한 계층의 손님이 한데 어우러지는 복작거리면서도 재미있는 가게다.

가끔 일본 드라마 〈고독한 미식가〉의 고로 아저씨가 한국에 와서 나와 돈까스 가게를 같이 가야 한다면 어디로 안내할까 하는 망상을 펼쳐보곤 하는데, 이 망원동즉석우동도 강력한 후보 중 하나다. 한국식 돈까스와 한국식 우동, 여기에 완벽한 '로컬' 분위기까지. 이보다 훌륭한 곳이 있을까?

「우동 한 그릇」에 나오는 가게 이름은 '북해정(北海亭)'으로, 배경인 홋카이도(北海道)를 따서 지은 이름이다. 이름처럼 고즈넉한 분위기 속에서 세 모자는 소바 한 그릇을 나눠 먹으며 소박하면서도 희망찬 마음으로 새해를 맞이했을 것이다. 북해정과는 정반대로 대도시에 있는 왁자지껄한 가게인 망원동즉석우동. 분위기는 완전 딴판이지만, '망원(望遠)'은 멀리 바라본다는 뜻이니 공교롭게도 새로운 한 해를 맞이하기에 좋은 이름이다. 우리에게는 섣달 그믐날에 국수나 우동을 먹는 전통은 없지만, 이참에 핑계 삼아 우동과 돈까스를 먹는 날로 정하는 것도 괜찮지 않을까. 명절이고 기념일이고 뭐 특별할 게 있나. 내일은 내일의 해가 또 뜰 테니, 좋은 사람들과 어울려 맛있는 음식 같이 먹으면 그게 최고지.

■ 망원동즉석우동

주소	서울 마포구 동교로 83
전화번호	02-336-1330
영업시간	11:00~22:00
휴무일	일요일
가격	돈까스 9,000원 / 즉석우동 6,000원

돈까스 가게의
코페르니쿠스적 전환

Spot 돼랑이우랑이
Menu 등심카츠

일본인들이 생각하는 '이것이 한국이다!' 싶은 요리는 무엇일까? 설문조사를 직접 해보지는 않았지만, 한국을 방문한 일본 친구들이나 일로 만난 거래처 사람들의 의견을 토대로 보면 단연 고기라 할 수 있다. '요리'를 물었는데, 답변이 식재료인 '고기'라니, 결과가 꽤 흥미롭다. 그렇다면 일본인들은 왜 한국 하면 떠오르는 음식이 고기일까? 일본에는 고깃집이 없나, 아니면 고기가 맛이 없나?

　　일본인이 고기를 먹기 시작한 역사는 그리 길지 않다. 그 이유는 뿌리 깊은 육식 기피의 역사 때문이다. 아스카 시대(6세기 후반~7세기 중반)인 675년, 불교에 신앙심이 깊었던 덴무 일왕은 살생을 금한다는 의미로 소·말·개 등을 비롯한 가축을 먹지 말도록 공표한다. 이른바 '육식 금지령'이다. 이후 일본인은 육식을 기피하고 주로 채소 위주로 먹는 식문화를 지니게 된다. 당장 에도 시대(1603~1867년)만 하더라도 서민은 일상적으로 고기를 먹을 수 없었다. 1872년에 메이지 일왕이 해금령을 내릴 때까지 육식은 공공연하게 즐기기 어려웠다.

이런 육식 금지의 역사와 관련해 재미있는 이야기가 전해온다. 일본어에서 수효를 헤아리는 단위 중 보통 네발짐승을 세는 단위와는 다르게 유독 토끼를 세는 단위가 특이하다. '와(羽)'라는 단위를 쓰는데, 통상 네발짐승이 아니라 조류를 세는 단위다. 소위 '썰'이라 얼마만큼 신빙성이 있는지는 모르겠지만, 전해오는 바에 따르면, 에도 시대에 고기를 먹을 수 없었던 서민들이 고기가 너무 먹고 싶은 나머지 토끼를 잡으면서 토끼의 귀를 가리키며 "귀가 이렇게 길 수 있습니까? 이것은 날개입니다"라며 토끼를 새라고 우기고 잡아먹었다고 한다. 이런 이야기가 있을 정도로 일본에서는 근대에 이르기까지 고기는 웬만한 사람은 먹을 수 없었던 음식이었다. 그래서인지 일본에는 야키니쿠를 비롯해 고기 요리가 없지 않음에도 고기 요리의 종주국은 한국이라는 인식이 지금도 강하다.

일본인이 특히 좋아하는 한국의 고깃집이란 고급스러운 분위기에서 점원이 직접 구워주는 가게보다는 드럼통 같은 식탁에 둘러앉아 왁자지껄 떠들며 무한 리필 되는 김치와 채소에 놀라움을 금할 수 없는 가게를 뜻한다.

이와 비슷하게 일본인의 흥미를 끄는 고깃집이 또 있다. 바로 정육 식당이다. 신선한 고기를 제공하는 것을 제일로 추구하여 정육점과 고깃집을 동시에 운영하는, 이른바 '원스톱 서비스'를 완비한 가게. 식당마다 약간씩 운영 방식이 다르기는 하지만, 통상 손님이 직접 고기를 골라서 "이걸로 주세요." 하고는 가져다 구워 먹는다. 한국에서는 흔히 볼 수 있는 가게라 익숙한 광경이지만 일본에서는 좀처럼 만나기 어렵다. 여행은 결국 경험 아니던가. 맛이야 다음 문제고 외국에서 특별한 경험을 했다는 생각이 드는지, 친구든 거래처 사람이든 일본 지인들은 무척 만족해한다.

한국인으로서 정육점과 고깃집을 같이 운영하는 가게가 그리 신선할 이유는 없는데 과연 고깃집 아닌 다른 업종을 같이 한다면 어떨까? 고깃집 대신 직접 발골한 고기로 돈까스를 튀기는 집이라면? 이런 상상을 현실로 만든 가게가 있다. 가히 '코페르니쿠스적 전환'이라고 할 만한 이 놀라운 가게는 서울 이문동에 위치한 '돼랑이우랑이'다.

이곳은 1층은 정육점이고 2층에서 돈까스 가게를 운영하는 독특한 시스템인데, 그렇다고 정육점에서 고기까지 직접 고를 필요는 없다. 여타의 돈까스 가게처럼 자리에 앉아 주문하면 된다.

    그렇다면 여느 돈까스 가게와 달리 정육점을 운영하는 '정육 돈까스집'은 무엇이 장점일까? 일단은 고기를 안정적으로 확보할 수 있다. 잘 아는 돈까스 가게 주인이 말하길, 딱 마음에 드는 고기를 꾸준히 수급하기가 쉽지 않다고 한다. 물론 직접 사육까지 하지 않는 한 언제나 불안 요소야 있겠지만, 아무래도 정육 자체를 업으로 하는 가게라면 고기를 항상 받아 써야 하는 일반 돈까스집에 비해서는 훨씬 사정이 나을 테다. 거기에 당연히 가격 면에서도 경쟁력이 있다. 중간 과정 하나를 직접 하므로 품질 관리는 물론 가격 절감까지 가능하다. 짧은 기간이나마 요식업에 한 발 담가본 사람으로서 말하자면, 이윤을 깎아 가격 경쟁을 하는 형태로는 가게가 오래가기 어렵다. 그리고 그건 '이 꽉 물면' 누구나 시도는 할 수 있는 일이다. 남이 따라할 수 없는 형태로 경쟁을 해야 유리한데, 결국 이윤이 아니라 고정비를 절감할 수 있는 편이 당연히 유리하다. 간혹가다가 '이 가격에 이게 어떻게 되지?' 싶은 가게들은 대개 자신만의 노하우를 갖고 있다. 돼랑이우랑이 또한 이런 독특한 형태로 이점을 쌓아나간다고 할 수 있으리라.

    기본 메뉴라 할 수 있는 등심카츠는 말이 필요 없다. 근래 들어 부쩍 고기가 두꺼운 일본식 '프리미엄 돈카츠'를 내세우는 가게가 우후죽순 생겨났는데, 고기에 비해 튀김옷이 너무 얇아 이럴 바에는 차라리 수육을 먹고 말지 싶은 생각이 드는 가게도 간혹 있다. 그래서 오히려 '클래식한' 일본식 돈까스 체인점 스타일의 돈까스를 더 좋아하는 사람들도 있는데 그런 분들에게 돼랑이우랑이의 돈까스는 좋은 선택이 될 수 있으리라.

등심이 조금 심심하게 느껴진다면 치즈카츠도 훌륭한 선택지다. 동그랗게 만 고기 사이에서 적당히 녹아 흘러내리는 치즈와 바삭한 튀김옷이 선명하게 대비되며 즐거움을 준다.

이곳에는 돈까스 말고도 숨은 강자가 또 있다. 직접 만든 드레싱이다. 한눈에 보기에도 바특한 질감의 드레싱은 주인장이 여러 가지 채소를 갈아 손수 만들었다고 한다. 시판용 드레싱을 사용하는 데에도 나름의 장점이 있으므로 드레싱을 직접 만들지 않고 사서 쓰는 가게를 뭐라고 할 생각은 없다. 하지만 방향성과 완성도에 문제만 없다면 기성품보다는 역시나 품을 들여 직접 만드는 편이 더 낫다. 수제 드레싱뿐만 아니라 밥과 국물, 곁들이는 반찬도 정갈하며 돈까스소스 한 귀퉁이씩 차지하고 있는 겨자와 깨까지도 도를 넘지 않는다.

돼랑이우랑이가 있는 이문동은 한국외대, 경희대, 한예종 등 대학들이 가깝게 있어서인지 예로부터 음식 값이 저렴하기로 유명했다. 한때는 안 그래도 학생들에게 인기 많은 돈까스 가게들이 가격 경쟁까지 붙어 춘추전국시대를 방불케 하는 각축전이 벌어지기도 했지만, 이쯤 되면 군웅할거 시대는 막을 내렸다고 봐도 무방하다. 나는 이제 더 이상 이문동에 갔을 때 어느 돈까스 가게에 갈지 고민하지 않는다.

■ 돼랑이우랑이

주소	서울 동대문구 휘경로 31-1 2층
전화번호	02-957-0010
영업시간	11:30~22:00 / 브레이크타임 15:00~16:30
휴무일	일요일
가격	등심카츠 8,500원 / 치즈카츠 10,000원

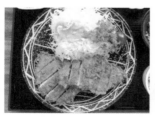 

중화일번

열심히 돈까스를 찾아다니며 먹기 시작할 무렵, 지인 한 분이 맛 좋은 돈까스 가게가 있다며 한 곳을 추천하셨다. 서울 후암동에 있는 이 돈까스 가게는 특이하게도 돈까스와 짬뽕을 같이 하는데, 아직은 널리 알려지지 않았지만 맛 하나만큼은 기가 막히단다. 이야기를 다 듣지도 않았는데 머릿속에 빨간불이 들어왔다.

일반적으로 음식 가짓수가 많아질수록 한두 가지만 만드는 전문점에 비해 맛이 없을 가능성이 높다는 게 지금까지 내가 쌓아온 빅 데이터 기반의 고정관념이다. 하물며 완전히 이질적인 돈까스와 짬뽕이라니. 번호가 다른 전화기 수십 대를 설치해놓고는 각각 서로 다른 전문점 행세를 하지만, 사실은 같은 가게인 야식 전문점들이 떠올랐다.

건방진 태도로 중간에 말을 끊었다.

"에이, 이야기만 들어도 별로네요. 저는 그런 가게에는 굳이 가지 않습니다."

돈까스와 짬뽕이라니. 분명 많은 사람들이 흔히 즐기는 음식인데 막상 이 두 가지를 조합해보면 선뜻 이미지가 떠오르지 않는다. 그도 그럴 것이, 돈까스는 한식이나 일식 카테고리에 속하고 짬뽕은 중식에 속하는데(물론 한국식 중식이지만), 중국집에서 돈까스를 내는 일은 거의 없다시피 하기 때문이다. 물론 반대로 한국식 돈까스를 파는 가게나 일본 음식점에서 국물이 벌건 중국집 짬뽕을 메뉴에 두는 일도 없다. 두 가지가 영역이 아예 다른 음식이란 말이다. 하지만 다시 잘 생각해보면 한국식 돈까스에는 꼭 수프나 국물이 같이 나오고, 일본식 역시 미소된장국이나 우동 국물을 포함시키는 게 기본 상차림이다. 특히 일본식 돈까스집에서 정식 메뉴를 주문하면 나오는 작은 우동 대신 짬뽕이 나온다면, 사람에 따라서는 두 팔 벌려 환영하지 않을까… 이런 발상에서 돈까스와 짬뽕을 같이 파는 가게가 탄생하지 않았을까?

반신반의하다가 결국 지인의 추천을 받아들이기로 한 나는 '호호돈까스짬뽕'에 가는 여정 내내 이런저런 상상을 펼쳐나갔다. 맛있는 음식은 오감을 전부 즐겁게 해주지만, 여기에 상상력까지 더하면 더욱 풍성한 경험을 할 수 있다.

돈까스, 군만두, 짬뽕/짬뽕밥, 짬뽕 세트…. 호호돈까스 짬뽕의 메뉴를 보면 언뜻 복잡해 보인다. 문득, 가게 이름에 "돈까스"와 "짬뽕"이 들어간다는 사실을 떠올려본다. 분명 가게의 대표 음식인 돈까스와 짬뽕을 따서 가게 이름을 지었으리라. 그렇다면 선택은 간단하다. 돈까스가 포함된 짬뽕 세트, 가게 이름과 같은 두 음식이 세트로 나오는 이 메뉴야말로 이곳의 필살기일 테다. 망설임 없이 짬뽕 세트를 주문한다.

음식을 기다리며 또 생각을 하다 보니 돈까스와 짬뽕에는 미묘한 공통점이 있다. 둘 다 외국에서 들어온 음식이라는 점 그리고 한국과 일본 양국에 다 있으면서 서로 전혀 다른 음식이라는 점이다.

한국과 일본의 돈까스가 서로 다르다는 이야기는 여러 번 해왔기에 이제는 다들 아시리라 믿는다. 그에 비해 짬뽕에 대해서는 비교적 덜 알려져 있으니 간단히 설명해본다.

전통적으로 빨간 국물이 주류이던 인스턴트라면 시장에서 '꼬꼬면'을 필두로 하얀 국물 라면이 반짝 인기를 끌었던 때가 있었다. 이때 쏟아져 나온 라면 중 '나가사키 짬뽕'이라는 라면이 있다. 이 나가사키 짬뽕이 일본의 짬뽕에서 모티브를 따온 것이라면 어느 정도 이해가 될 것이다. 물론 짜장면과 '짜파게티'의 차이만큼 일본식 짬뽕과 '나가사키 짬뽕(상품 이름)'

은 다르지만 말이다.

여담인데, 짜장면을 짜장면이라 부르지 못하던 시절에 누군가 농담 삼아 "아니, 그럼 짬뽕도 잠봉이냐?"라고 반문한 일이 있었다. 우스갯소리로 했겠지만, 나를 포함한 번역가들은 그저 웃을 수만은 없었다. 한국식 짬뽕은 이미 우리말로 녹아들었기에 짬뽕이 표준어이지만, 일본식 짬뽕은 외래어 표기법에 따라 잔폰(ちゃんぽん)이 올바른 표기이기 때문이다. 따라서 표기법을 지킨다면 나가사키 짬뽕은 나가사키 잔폰이 될 운명이었다.

사람들이 생각하는 것은 사실 다 거기서 거기다. 돈까스와 짬뽕을 같이 먹는다는 발상을 한국인만 했을 리 없으니, 일본에도 돈까스 짬뽕이라는 메뉴가 있다. 일찍 개항을 한 나가사키를 중심으로 규슈 지역에서는 오래전부터 외국에서 들어온 음식들이 뒤섞이며 재미있게 발전해왔는데, 돈까스 짬뽕도 그중 하나다. 일본식 하얀 짬뽕 위에 돈까스를 얹은 메뉴다. 이것을 한국식으로 바꾼다면 바로 이 짬뽕 세트 아니겠는가.

우리나라와 일본 양국의 돈까스와 짬뽕 생각으로 머릿속에서 대한해협을 오가는 사이 음식이 나왔다. 돈까스 한 덩어리와 중간 크기 짬뽕 한 그릇. 각각을 1인분이라 생각하면 부족할 수 있지만 합치면 충분히 만족스러울 양이다. "전체는 부분의 합보다 크다"는 명언이 절로 떠오른다. 어쩌면 아리스토 텔레스도 고대 그리스의 어떤 훌륭한 식당에서 세트 메뉴를 먹다가 이런 명언을 생각해냈을지 모를 일이다.

국물부터 찾는 한국인이라서, 먼저 짬뽕 국물 맛을 본다. 오, 이건 겉보기와는 다른 맛이다. 씨알 굵은 홍합이 2개나 보이니 시원하고 칼칼한 짬뽕 국물을 예상했는데, 요즘 부쩍 많아진 차돌 짬뽕의 베이스가 되는 육수 국물 계열이다. 돈까스가 아무래도 튀김이다 보니 국물은 시원한 해물 맛이 더 어울리지 않을까 싶지만, 진득한 감칠맛이 퍼지는 이런 스타일의 짬뽕 국물도 나쁘지가 않다. 국물을 맛봤으니 이제 짬뽕과 고명이라 할 수 있는 돈까스를 맛볼 차례다. 겉보기에는 그저 잘 튀긴 평범한 일본식 돈까스에 지나지 않는데 마찬가지로 외관과는 다른 맛을 선사한다.

보기와 다른 은은한 한식의 냄새. 비결은 마늘이다. 돈까스에 마늘이라, 그리 낯선 시도는 아니다. 이제는 세계인이 떠받드는 한식이 된 한국식 치킨에도 마늘은 필수로 들어가는데, 돈까스에도 마늘을 잘 쓰면 입맛을 돋우는 첨병의 소임을 140% 수행한다.

이 시대 마늘의 종주국은 누가 뭐래도 단연 우리나라다. 1인당 마늘 소비량이 연간 6kg으로 세계에서 가장 많기 때문이다. 마늘을 사랑한다고 알려진 이탈리아 사람들도 1인당 연간 1kg을 채 먹지 않는다고 하니 우리가 먹는 양이 실로 어마어마하다. 그러니 과장해서 말하자면, 요리에 마늘을 팍팍 쓰면 어느 정도 한식에 가까워진다.

결국 호호돈까스짬뽕의 돈까스는 형식은 일본식이되 내용을 각색한 세련된 한식이라 해도 무방하다. 중식이라고는 하지만 사실은 한식인 짬뽕, 여기에 일식의 탈을 썼지만 역시나 내용은 한식인 돈까스가 만나니, 이 한 그릇에 한중일의 음식 문화가 꾸덕하게 녹아 있다. 이런 훌륭한 메뉴를 단돈 8,000원에 즐길 수 있다니, 풍요의 신 디오니소스가 당장 강림한다 한들 이보다 더 큰 풍요를 내릴 수 있겠는가.

돈까스와 짬뽕을 순식간에 흡입하고는 흥에 취했다. 술 한잔 걸치지도 않았는데 음식만으로 흥겨워 주체하지 못하는 상황이라니. 이대로 연회를 끝낼 수는 없다. 사실 계속 마음에 걸리는 메뉴가 하나 있었다. 바로 군만두다.

이미 돈까스와 짬뽕에서 셰프의 내공이 만만치 않음을 느꼈는데, 이런 고수가 아무리 저렴한 가격이라 해도 과연 평범한 만두를 낼 것인가? 어찌됐든, 테두리는 일식인 돈까스와 결국 한식으로 봐야 하는 짬뽕에 비해, 만두는 그래도 중국이 본산이라는 인상이 강하다.

현실에서는 무척 요원한 일이지만 여기서 만두를 주문한다면 이 자리에서만큼은 현실에서 이루지 못하는 하나 되는 동아시아, 극동의 평화를 이룰 수 있을 테다. 가슴속 깊은 곳에서 알 수 없이 끓어오르는 염원을 담아 비장한 각오로 만두를 주문한다.

예감은 빗나가지 않는다. 메뉴 이름은 군만두이지만 흔히 군만두 하면 떠오르는 이미지와는 다른 한입 크기의 작은 만두를 거의 튀기듯 조리하여 낸다. 일반적인 중국집에서 나오는 군만두라면 크기가 좀 커서 부담스러울 수 있는데, 군만두가 대개는 메인 메뉴라기보다는 추가로 주문하는 사이드 메뉴라는 점에서 이 자그마한 크기는 신의 한수라 할 만큼 절묘하다. 술을 그다지 즐기지 않는 나조차 시원한 맥주 한 잔 생각이 절로 났으니, 애주가라면 이 상황을 그냥 지나치기는 도저히 어려우리라.

이 음식이 저 음식을 부르고 이 메뉴가 저 메뉴를 궁금하게 하니, 기본이 되는 요리 실력은 물론이거니와 가게의 판매 전략과 구성 또한 치밀하고 섬세하다. 운도 자주 좋으면 실력이요, 우연도 계속 일어나면 설계다. 고정관념에 치우쳐 이런 절세 고수를 알아보지 못하고 그냥 지나쳤다면 땅을 치며 후회했을 일이다. 편협했던 인식의 틀을 부숴준 가게에 경의를 표하고 비로소 나의 오만방자함을 뉘우친다.

맛있는 음식을 맛볼 때마다 "오오오 오오오옷!"을 외치는 〈요리왕 비룡〉의 클라이맥스 장면처럼, 호호돈까스짬뽕에서의 미식 체험은 먹는 내내 놀라움의 연속이었다.

아아, 이것이 바로 지복(至福)인가. 마침 〈요리왕 비룡〉의 일본어 원제도 〈중화일번(中華一番)〉이다. 처음 찾았을 때 그리 넓지 않았던 가게가 어느새 확장되었고, 한산했던 홀에 손님이 가득하니 이미 많은 사람들의 마음속 '중화일번'은 호호돈까스짬뽕이겠지. 물론 나도 마찬가지다.

■ 호호돈까스짬뽕

독특한 조합의 세트 메뉴로 알음알음 이름이 알려진 서울 후암동의 호호돈까스짬뽕은 입점해 있던 건물이 재건축 대상이 되면서 잠시 동안 휴업에 들어갔다. 2022년 늦은 가을 새롭게 단장한 모습으로 재개할 예정이다.

오직,
돈까스 전문

Spot   The 92 산들바다
Menu   등심까스

'너드미'라는 말이 있다. 괴짜, 따분한 사람을 뜻하는 영어 단어 nerd에 한자 미(美)를 붙인 단어로 '너드 같은 매력을 지녔다'는 뜻으로 쓰인다. 너드에 대한 정의는 폭넓고 완전히 합의가 이루어지지 않아서 상황마다 쓰는 사람마다 전혀 다른 뜻으로 쓰기도 하지만 여기서 내가 말하는 너드란, 어떤 한 분야에서 천재성을 보이거나 혹은 그것만 파고들어 다른 모든 면에서는 허술하고 세상 물정 잘 모르는 듯한 사람을 뜻한다. 식당 중에서도 이런 너드미를 발산하는 가게들이 가끔가다 있는데, 나는 매번 이런 가게에 끌린다.

서울 중구 신당동에 있는 'The 92 산들바다'는 외관에서부터 너드미를 제대로 드러내는 가게다. 내가 주로 식당에서 너드미를 느끼는 요소는 간판인데, The 92 산들바다의 간판은 가히 너드미의 응축이라고 할 만하다. 가장 중요한 가게 이름

오직 돈카스 전문

조차 구석으로 몰아넣고 정작 간판 한가운데 떡하니 자리 잡은 것은 "돈까스 전문" 이 다섯 글자다. 완고함까지 느껴지는 정직한 서체, 정말이지 보통 자신감이 아니고서는 이렇게까지 과감하기 어렵다. 처음 이 가게를 알게 된 계기도 간판 사진 때문이었다. 자신감이 넘치는 한편 너무나 무심한 간판. 음식 외에는 그다지 신경도 쓰지 않을 법한 느낌이 단박에 오지 않는가? '간판 디자인? 돈까스 전문이라고 쓰면 됐지, 뭐가 더 필요해?'라며 가게 외관에 고민할 시간이 있으면 돈까스 수련에 더 힘을 쏟을 것만 같은 셰프…. 이게 내가 바로 식당에서 느끼는 너드미다.

테이블에 착석한 뒤 여기저기 살펴보다가 칠판에 손 글씨로 휙휙 적은 안내사항을 발견한다. 먼저 돈까스를 위한 원육 구입부터 가공·염지·숙성·조리에 이르는 과정이 기재되어 있고 그다음에는 곁들여 먹는 소스를 어떻게 만드는지 그리고 튀긴 고기가 왜 붉은빛을 띠는지까지 자세히 안내하고 있다. 그래, 간판은 돈까스 파는지 알려주면 됐지. 그보다는 이런 게 훨씬 중요하지. 역시나 너드미가 뿜어져 나온다.

여기서 눈여겨볼 만한 점은, 염지 할 때 그리고 소스 만들 때 전부 향신료를 10여 종 이상 쓴다는 점이다. 대개 허브와 스파이스를 뭉뚱그려 우리말로는 향신료라고 표현한다. 일반적으로는 잎이나 줄기를 쓰면 허브, 그 외 열매나 뿌리, 껍질 등을 쓰면 스파이스라고 한다. 그런데 허브와 스파이스를 칼같이 나누기는 어려운 게, 같은 식물이어도 어디를 사용하느냐에 따라 허브가 될 수도 스파이스가 될 수도 있기 때문이다. 마침 이곳에서 사용한다고 적어둔 향신료 중 오레가노는 허브, 코리앤더는 스파이스다(부연하면, 코리앤더는 씨앗을 사용할 때는 스파이스, 잎을 사용할 때는 허브다). 소스는 그렇다 치고, 염지부터 허브와 스파이스를 적극 쓴다고 하니 그 맛이 궁금해진다. '부먹'인 한국식 돈까스는 물론이요 '찍먹'인 일본식까지 밑간을 소홀히 하는 가게들이 적지 않은데, 염지를 어떻게 해서 나올지 주문 전부터 기대된다.

　　카레와 김치나베 등 번외 메뉴들도 눈에 띄지만 일단 기본인 등심까스를 주문한다. 반찬과 소스, 국물을 먼저 내주는데, 비슷하게 길쭉한 모양이면서 핑크와 노랑으로 색이 다른 피클과 단무지가 식욕을 돋게 한다. 이윽고 진한 튀김색이 강렬한 등심까스가 첫인상을 선사한다. 형식은 일본식이지만 한국식 왕돈까스에서 자주 볼 수 있는 단골 가니시인 마카로니 사라다가 한자리 차지한다. 동그랗게 눌러 담은 밥까지 간결하면서도 정갈한 차림새다.

　　충분히 두꺼우면서 바싹 튀긴 튀김옷 안쪽으로는 이미

칠판에서 설명한 대로 붉은 속살을 간직한 고기가 먹음직스러운 자태를 뽐낸다. 으레 그렇듯 가운데 첫 조각은 소스 없이 그대로 먹어본다. 오, 이것이 10여 가지 향신료를 사용하여 공들인 염지가 내는 맛인가. 향신료 하나하나까지 느끼긴 쉽지 않지만 본디 좋은 양념이란 모든 요소가 어우러져 조화로운 맛을 낼 때가 가장 훌륭하듯, 각각 자기주장이 강하지 않으면서 주재료를 살리는 미덕을 보인다는 점에서 무척 세련된 맛이다. 적절한 밑간에 '겉바속촉'이 완벽하니 한 입 베어 무는 순간 나를 원더랜드로 인도하는 착각마저 든다.

다음은 칠판에 열심히 설명을 써놓은 자부심 넘치는 소스를 함께 맛볼 차례. 데미글라스소스를 바탕으로 토마토와 타바스코소스, 우스터소스와 향신료를 더했다고 한다. 맛에 대한 어느 정도 감이 있다면 이 설명만으로도 맛을 상상해볼 수 있겠다. 풍부한 상상력은 음식을 즐기는 데 꽤 많은 도움을 주기도 하므로 각자 머릿속으로 맛을 그려보자.

먼저 핵심이 되는 데미글라스(demi-glace)소스는 프랑스어 드미글라스를 영어식으로 발음한 단어다. 일본어식 발음으로는 '데미그라스소스'라고 부르기도 한다. 데미글라스소스는 일반적으로 버터에 밀가루를 볶고 채소와 육수, 토마토퓌레를 넣어 만든 브라운소스를 ½로 졸여 만든 소스를 말한다(demi란

'절반의'라는 뜻을 나타내는 접두사다). 말은 ½이라고 하지만 실제로는 아주 바짝 졸여야 소스 특유의 점성을 얻을 수 있다. 흔히 함박스테이크에 곁들이는 소스를 떠올리면 단박에 이해가 갈 것이다.

영국 우스터셔주에서 탄생하여 그 이름을 딴 우스터소스(역시나 일본어 영향을 받아서인지 우리나라에서는 대부분 상품 이름을 우스터가 아닌 "우스타"로 표기하고 있다)는 채소와 향신료에 식초를 넣고 끓여 숙성한 소스로 상큼하고 감칠맛이 나는 가벼운 소스다. 주로 시판용 돈까스소스 맛을 떠올리면 비슷하다. 이 우스터소스의 탄생에 얽힌 비화가 흥미로우니 잠깐 이야기하고 가자.

우스터소스를 처음 출시한 영국의 리앤드페린스(Lea& Perrins)사의 홈페이지에서 소개하는 바에 따르면, 어떤 귀족이 화학자였던 리와 페린스에게 자신이 인도에서 맛봤던 소스를 재현해달라고 부탁했다고 한다. 둘은 연구 끝에 소스를 만들어냈는데, 맛을 보니 도저히 먹을 수 없는 맛이어서 통에 넣은 채로 지하실에 방치했다고 한다. 그리고 1년 반이 지난 후 우연히 방치해둔 그 소스를 다시 맛봤더니 숙성이 되어서인지 이전과는 다른 환상적인 맛이 났다고 한다. 결국 이 소스를 시판하기에 이르렀고 이렇게 해서 우스터소스가 세상에 처음 빛을 보게 된 것이다. 우유를 밖에 두었다가 그게 얼어 아이스크림이 되었다는 이야기나, 밀주 과정에서 술을 오크 통에 보관한 게 훨씬 맛이 좋아져 전통이 되었다는 이야기처럼 우연한 계기로 만들어진 음식 이야기를 좋아하는데, 우스터소스 역시 이들과 궤를 같이 한다.

입안에서 농후한 맛을 지닌 데미글라스소스에 산뜻하면서 상큼한 우스터소스가 어우러진다. 여기에 흔히 핫소스라 부르는 타바스코소스와 토마토의 약간 매콤한 맛과 신맛, 감칠맛이 보태져 전체적인 맛이 보정된다. 상상한 범위에서 크게 벗어나지 않는 소스는 이미 밑간이 훌륭한 돈까스에 뚜렷한 악센트를 준다. 그야말로 화룡점정. 돈까스가 생기를 띠며 하늘로 솟구쳐 오를 듯한 기분이다.

한편, 사우전드아일랜드드레싱을 얹은 풍성한 양배추 샐러드가 찰떡궁합을 유지하는 가운데, 마카로니의 사라다가 또 다른 재미를 준다. 마카로니 사라다는 오이나 옥수수 등 부재료를 함께 버무리는 레시피도 많은데, 이곳은 순전히 마카로니만 마요네즈에 버무렸다. 그래서인지 마카로니의 식감이 더욱 두드러진다. 살짝 씹는 맛이 느껴지는 알 덴테(al dente) 정도로 잘 삶은 마카로니다. 마카로니만 퍼먹어도 한 끼 식사를 마칠 수 있을 만큼 흡족하다.

다 먹고 나서도 여운이 가시지 않는다. 이런 훌륭한 한 접시가 고작 8,500원이라니 도무지 믿을 수가 없다. 오직 돈까스만 생각해서 간판이고 홍보고 다 필요 없고, 심지어 돈에도 욕심이 없다는 말인가? '오로지 돈까스'라는 심산인가? 돈까스 계에도 너드가 있다면 여기 The 92 산들바다를 빼놓고는 이야기도 꺼낼 수 없으리라.

오랜만에 먹고 감탄한 나머지 SNS에 사진을 올렸더니, 근처에 있는 충무아트센터가 이전하면 더는 자주 갈 일이 없을 거라며 아쉬워하는 연뮤덕들이 아우성이다(충무아트센터는 신당역 부근의 현재 자리에서 2022년 말까지만 운영한다고 한다). 여전히 많은 사람들이 제대로 된 가게 이름조차 모르는 '돈까스 전문'. 그러고 보니 한국어에는 정관사가 존재하지 않는데, 문득 가게 이름에 영문을 알 수 없이 "The"가 들어 있다는 사실이 뇌리에 스친다.

그래, 오늘은 돈까스 전문점에 가자. 아무 말도 덧붙이지 않고 이렇게만 말해도 충분하다. 이 말이 가리키는 가게는 딱 한 군데뿐이니까.

주소	서울 중구 퇴계로 398
전화번호	02-2235-7501
영업시간	11:00~20:00 / 브레이크타임 15:00~16:30
휴무일	일요일
가격	등심까스 8,500원

내 인생의 돈까스 3선

블로그에 리뷰를 남긴 돈까스만 200여 개가 훌쩍 넘어가다 보니 주위로부터 "제일 기억에 남는 돈까스집 있나요?"라는 질문을 자주 받는다. 몇 번이나 대답하려고 했지만, 나 같은 '돈까스 오덕'에게 딱 하나만 꼽아보라는 질문처럼 잔인한 게 없다는 결론만 내렸을 뿐이다.

여기에서는 '인생 돈까스' 하나를 꼽는 대신, 내 의지와는 전혀 상관없이 그야말로 '치인' 순간을 선사한 몇몇 돈까스에 대해 풀어볼까 한다. 내 돈까스 인생에서 어떤 전환점이 되어준 돈까스, 돈까스의 패러다임을 뒤흔든 돈까스 말이다.

❶ 옹달샘

어떤 음식을 처음 먹은 순간을 일일이 기억할 수 있을까? 돈까스 역시 비교적 흔한 음식이니 처음 먹은 날은 전혀 기억이 나지 않는다. 하지만 어린 시절 기억을 강렬히 지배하는 돈까스 가게가 있다. 내 첫 인생 돈까스, 경양식 레스토랑 '옹달샘'이다.

대단한 레스토랑은 아니었다. 그저 집 앞 건물 지하에 있는 평범한 레스토랑이었지만, 처음으로 '경양식'이라는 단어를 알게 해준 가게이기도 하다. 간판에는 "차와 경양식"이라고 써 있었으니 대충 연식을 알 만하다. 목조 건물은 아니었지만 통나무로 지은 듯한 느낌을 주는 내부 인테리어를 갖추고 있었다. 어둑어둑한 조명 아래에서 정장을 차려 입은 직원이 직접 테이블보에 포크와 나이프를 깔아주고 멋진 그릇에 수프가 나오는 식사는, 기껏해야 열 살이나 되었을 내게는 동화책 속 영국 귀족이 즐기는 만찬과 다를 바 없었다.

돌이켜보면, 그래봤자 뭐 얼마나 대단한 음식이었겠나 싶지만, 추억은 미화되고 시대를 초월하는 법이다. 프루스트의 『잃어버린 시간을 찾아서』에서 주인공이 어린 시절 먹었던 홍차와 마들렌이 나이가 들어도 기억 속에서 영원한 것처럼 내 마음속 가장 깊숙이 자리 잡은 레스토랑 옹달샘의 돈까스도 항상 변하지 않고 그 자리를 지킬 것이다.

❷ 와코

군 전역을 하고 곧 일본에 갔다. 그간 나름 많은 돈까스를 먹어왔고, 스스로 까다로운 입맛을 지녔다고 자부해온 나였기에 '뭐, 일본 돈까스도 크게 다른 돈까스겠어?'라며 대수롭지 않게 생각하고 있었다. 하지만 그런 자만심은 일본에 도착한 지 일주일이 채 되지 않아 산산이 부서졌다. 돈까스라는 음식에 새로이 '백의종군' 하게끔 만든 가게는 '와코(和幸)'라는 돈까스 전문점이었다.

2007년 당시만 해도 일본은 확실히 선진국이라는 느낌이 남아 있을 때였다. 이케부쿠로에 있는 세련된 쇼핑몰 선샤인시티 안에 있던 와코는 인테리어부터 압권이었다. 서울의 일본 식당들은 일본 느낌을 낸다고 해도 대부분 조잡했고, 들어가면 다짜고짜 "이랏샤이마세"를 외치는 게 일본풍이던 때였다. 그런데 와코는 달랐다. 깔끔하면서 절도 있는 분위기로 전통 느낌을 내다니, 이게 바로 일본인들이 그리 자랑하던 와(和. '조화'를 중시하는 일본의 문화)인가, 아니면 모던 클래식의 정수인가? '오모테나시'로 대표되는 일본 특유의 극진한 접객 문화야 말할 필요도 없이 훌륭했다. 주문도 하기 전에 이미 주눅이 들 정도였다.

두툼한 고기에 비율 좋은 튀김옷, '여우 색(きつね色. 옅은 갈색을 뜻하는 말)'으로 보기 좋게 튀긴 돈까스는 그때까지 경험한 적 없는 신세계로 인도했다. 겉은 바삭하면서 속은 촉촉하여 씹는 순간 자연스레 육즙이 머금어진다. 돈까스만으로도 이미 놀랄 만큼 놀랐지만 더 큰 충격은 이후에 찾아왔다. 밥이 이렇게 맛있을 수 있구나. 밥 자체가 하나의 음식이라 할 수 있을 만큼 존재감 자체가 달랐다. 아무 반찬 없이 밥만 퍼먹어도 행복할 것 같은 그런 맛이었다. 양배추는 또 어떠한지. 풍성하게 쌓인 가느다란 양배추 산에, 크리미하면서 고소한 드레싱을 곁들이니 무한정 들어갔다.

명동에서 처음 라멘이라는 음식을 먹어보고는 엄청나게 실망하여 '차라리 집에서 내가 끓여 먹는 게 더 맛있지'라고 생각한 적이 있었다. 이후 일본에서 처음 제대로 된 라멘을 맛보고는, '그동안 오해했구나….' 싶었는데 돈까스도 비슷한 경험이었다.

　1년간 일본 생활을 마치고 한국에 돌아온 이후로도 도쿄에 갈 때마다 꼭 한 번 이상은 와코에 들렀다. 그때까지 맛본 돈까스와는 전혀 달랐던 와코의 돈까스. 내게 돈까스는 곧 와코였던 시절이었다.

❸ 아오키

세월이 흘렀다. 우리나라에도 '안즈'나 '긴자바이린' 같은 일본에 본점을 둔 가게들이 들어오기 시작했고, 굳이 일본에 본점을 둔 가게가 아니더라도 도처에 훌륭한 돈까스 가게가 생겨났다. 일본식 프리미엄 돈카츠는 그들대로 발전을 거듭했고, 한국식 돈까스는 레트로 열풍과 함께 경양식집이 대거 부활하며 춘추전국시대를 맞이했다.

　독특하고 기발하며 맛있는 돈까스는 계속 튀어나왔지만, 그럼에도 더 이상 내 안의 패러다임을 바꿀 만한 돈까스는 없을 것만 같았다. 또다시 '돈까스가 거기서 거기지.' 싶을 무렵, 세 번째 돈까스가 찾아왔다. 이번에도 일본이었다.

　도쿄에 간 김에 만난 친구가 마침 가고 싶은 돈까스 가게가 있다고 했다. 긴자에 있는 가게였는데 어두컴컴한 건물 지하였고, 사람들이 줄 서 있지 않았다면 어디인지 찾기도 쉽지 않을 위치였다. '아오키(檍)'와의 만남은 그렇게 시작되었다.

영업시간 전부터 한참 기다린 끝에 겨우 들어가 자리에 앉았다. 와코가 세련되고 쾌적한 체인점스러운 미덕을 뽐낸다면, 아오키는 정반대로 낡고 좁지만 범접할 수 없는 고수 느낌이 난달까?

평소라면 기본 메뉴, 일본식이니까 등심을 주문했겠지만 마음먹는다고 아무 때나 올 수 있는 가게가 아니므로 조금 더 가격이 있는 특등심을 주문해보았다.

주문한 특등심은 받아든 순간 이미 달랐다. 위압감이라고 해야 할까? 가브리살이 붙은 두꺼운 고기에서는 살짝 붉은빛이 감돌며 입자가 굵은 빵가루를 입힌 튀김옷은 진한 갈색으로 식욕을 자극했다. 일단 가운데 조각부터 한 입. 고기가 이렇게 두꺼운데도 충분히 부드러우면서 진한 육즙과 고소한 지방을 동시에 느낄 수 있다니. 게다가 튀김옷도 절묘했다. 튀김옷 자체는 그리 두껍지 않지만 입자가 굵은 빵가루를 써서 바삭함을 최대로 살렸는데 그렇다고 튀김옷이 얇아 부서지거나 하지는 않았다. 다음으로는 레몬 즙을 뿌리고 테이블에 놓인 세 가지 종류의 소금을 곁들여 먹으면 처음부터 끝까지 계속 다른 경험을 할 수 있었다. 나는 평소에도 일행과 서로 다른 음식을 주문하여 조금씩 교환해서 먹는 방식을 좋아하지 않는데, 아오키에서는 더더욱 그럴 여유가 없다. 조각마다 고기와 지방 비율이 조금씩 달라 모든 조각이 다 다른 맛을 지녔으니 그중 단 한 조각도 양보하기 아까운 것이다.

대체로 맛있는 돈까스는 다 먹고 가게를 나온 후에도 한동안 그

여운이 짙게 남아 "아… 맛있네…"를 연발하게 하는 힘을 지녔다. 아오키는 한 술 더 떠, 그 다음날 아침에 일어나서도 '아, 어제 돈까스 맛있었지…'라는 생각이 들게 할 정도였으니 굳이 더 설명할 필요도 없으리라.

소설가 쓰무라 기쿠코는 인생에서 마지막 식사를 마이센(まい泉. 일본의 널리 알려진 돈까스 전문점. 일본 전역에 수십여 개의 분점이 있다)의 로스 정식으로 하고 싶다고 말했다. 마이센도 훌륭한 가게지만 나라면 역시 인생 마지막 돈까스는 아오키의 특등심이다.

이후로는 아직 새로운 전환점을 맞이할 만한 돈까스는 만나지 못했다. 어쩌면 이대로 안주하게 될지도 모르겠다. 아니면 매번 그랬듯, 매너리즘에 빠질 때쯤 생각지도 못한 충격을 주는 무언가에 치일 수도 있으리라. 세상에는 아직 먹어보지 못한 돈까스가 훨씬 더 많다.

그러므로 오늘도 그저 묵묵히 새로운 모험을 떠난다. 언젠가 만날지도 모를 '네 번째 돈까스'를 기다리는 마음으로….

너희가
튀김을 아느냐?

Spot   오무라안
Menu   돈카츠(히레)

내가 어릴 적만 해도 피자는 그냥 피자였다. 그러던 것이, 언제 부터인가 미국식이니 이탈리아식이니 하는 말이 피자 앞에 붙기 시작했다. 그만큼 장르가 발전하여 세분화됐다는 뜻이다. 요즘에는 미국식, 이탈리아식 같은 말도 시대에 뒤처진 느낌이 든다. 당장 내가 서울에서 먹어본 미국식 피자들만 예로 들더라도 뉴욕이나 디트로이트, 포틀랜드 등 각기 다른 지역 스타일을 표방하고 있다. 이탈리아식 피자 중에는 나폴리 협회 인증을 받은 피체리아(이탈리아어로 피자 전문점)라며 그 엄격한 기준을 설명하고 마케팅 포인트로 잡는 가게도 있다. 무엇이든 발전하면 더욱 세세하게 구분하고 그 기준도 엄격해지는 법이다.

음식이 발전하고 아는 사람들이 많아지면 음식 자체는 물론 음식점도 세분화된다. 예를 들면, 과거에는 이탈리아 음식을 팔면 그저 레스토랑이었지만, 요즘은 리스토란테(코스 요리 중심의 고급 식당), 트라토리아(편안한 분위기의 소규모 식당), 오스테리아 같은 이름도 그리 낯설지 않다. 한편 공식 명칭은 아니지만 특정 접미어를 붙여 정체성을 드러내는 방식도 매우 익숙하다. 가령 '-옥(屋)', '-루(樓)', '-야(한자 屋의 일본어 발음)' 등을 붙이는 방식이다. '우래옥', '복성루', '미소야'로 예를 들면 이름만으로도 대강 어떤 장르의 음식을 팔지 감이 올 것이다. 자, 그렇다면 여기서 소개할 서울 강남구의 '오무라안'은 어떤 음식을 파는 가게일까?

오무라안(大村庵)이라는 이름만 보고도 바로 장르를 맞출 수 있다면 일본 음식 좀 안다고 자부할 만하다. 물론 그저 일식집이라는 말을 하려는 것은 아니다. 조금 생소할 수 있지만 일본에서는 가게 이름 끝에 붙은 '안(庵)'은 대개 소바 전문점을 의미한다. 안이라는 한자는 우리식으로는 암자(庵子)를 뜻하는 암으로 읽는다. 아마도 안 앞에 붙은 '오무라'는 창업주 혹은 특정 지역 이름일 가능성이 높으니, 오무라안은 오무라가 차린 소바집 혹은 오무라 지역 특색을 지닌 소바집 정도로 의미를 추측할 수 있다.

그런데 하필 안이라는 글자가 소바집을 뜻하게 되었을까? 언급했듯, 안이라는 글자 자체가 암자, 즉 사찰 내에 승려가 머무는 작은 집을 뜻하는데, 이는 결국 절과 관련이 있다는 이야기다. 예로부터 일본에서는 절과 소바가 떼려야 뗄 수 없는 관계였다는 점에서 그 실마리를 찾을 수 있다.

기본적으로 살생을 금하는 불교 교리에 따라 사찰음식은 철저히 채식일 수밖에 없다. 메밀가루로 만드는 소바는 이런 식단에 꼭 들어맞는다. 또한 면이라는 음식은 일단 만들어두기만 하면 끓는 물에 데쳐 빠르게 대량 조리하여 낼 수 있어서 신도를 비롯해 많은 손님이 찾아오는 절에서 간편하게 대접하기 좋은 음식이다. 마지막으로 깊은 산속에 있는 암자는 종종 피난처로 쓰이기도 하는데, 이런 상황에서 보존성이 우수하다는 장점도 있다. 실용적인 장점 외에도 메밀은 승려들이 수행 중에 자유롭게 섭취할 수 있는 곡물이기도 하다. 일본 천태종에는 승려가 수행 중에 쌀, 보리, 조, 기장, 콩 이렇게 다섯 가지 곡물을 먹지 않는 특정한 기간이 있는데, 메밀은 금식해야 할 곡물에 속하지 않기 때문에 더없이 소중한 식재료가 아닐 수 없는 것이다. 이러한 이유로 소바라는 음식 자체가 오랜 세월 동안 사찰 및 승려와 함께 발전해왔다.

소바집을 뜻하는 '안' 자의 유래에 대한 또 다른 이야기도 있다. 일설에 의하면 에도 시대 아사쿠사에 도코안(道光庵)이라는 암자가 있었다. 여기에 기거하던 주인이 이른바 소바

명인이었다고 한다. 그가 만든 소바가 오죽 맛있었으면 사찰 내에서 수행하는 사람들에게 방해가 될 정도로 손님이 몰려들어 결국 주지스님이 소바 금지령을 내릴 정도였다고 한다. 이때부터 에도의 소바집들이 하나둘씩 이름 뒤에 안을 붙이기 시작한 것이 오늘날 소바집에 안을 붙이는 유래라고도 전해진다.

그런데 돈까스 이야기 중에 웬 소바집을 소개하느냐고? 놀랍게도 오무라안은 돈까스 또한 발군이기 때문이다. 사실 생각해보면 그리 놀라운 일은 아니다. 여명기의 소바는 어땠을지 모르지만, 오늘날의 소바에는 대개 튀김을 빼놓을 수 없기 때문이다. 물론 돈까스 역시 튀김이다. 튀김을 잘한다면 돈까스를 잘하지 못할 이유 또한 없다. 기껏 안이라는 이름에 사찰과 승려가 지대한 영향을 끼쳤다는 이야기를 해놓고서, 결국 육식인 돈까스를 주문하는 배덕감에 살짝 희열을 느끼는 내가 스스로도 좀 너무한가 싶기도 하지만….

자리에 앉아 주문을 하면 가게의 정체성을 다시 한 번 확인시켜주듯 애피타이저로 소바튀김을 내준다. 이게 또 별미라 음식을 기다리며 날름날름 집어 먹다 보면 금세 다 먹는데, 아마도 나처럼 더 먹고 싶어 더 달라는 손님이 많았는지 리필에는 추가 금액을 받는다.

돈까스를 먹는다면 선택지는 간단하다. 클래식하게 로

스 또는 히레인데, 콕 짚어 말하지 않고 그냥 돈까스 달라고 하면 기본으로 히레가 나온다. 내가 꼭 일본식 돈까스의 기본은 로스라고 생각해서가 아니라, 대개는 로스가 기본 메뉴인 가게가 많은 점을 고려했을 때, 이곳은 조금 독특하다. 그래서 그저 히레가 좀 더 시그니처에 가까운 메뉴일까 생각했는데 의외로 엉뚱한 곳에 이유가 있었다. 으레 그렇듯 로스는 덩어리가 크고 히레는 작아, 로스는 한 덩어리가 나오고 히레는 두 덩어리로 나오는데, 손님 중에 "왜 로스는 양이 적으냐?"고 따지는 분이 있었다고 한다. 나도 잠깐 요식업을 해봐서 안다. 손님 개개인이 모두 다른 개성을 지녔기에 종종 생각지도 못한 상황을 마주할 때의 어려움을.

기다림 끝에 나온 쟁반은 언뜻 봐도 박력 넘치는 차림새다. 일단 접시 가운데에서 돈까스를 한 조각 집어 그대로 맛본다. 호쾌하다.

음식을 즐기다 보면 어느 순간에는 나와 셰프가 음식을 매개로 대화를 나누는 듯한 느낌이 들 때가 있다. 지금 내 눈앞에는 무쇠와 같은 팔뚝으로 돈까스를 한 조각 집어 들이미는 셰프의 모습이 아른거린다. 호쾌하다는 게 다른 뜻이 아니다. '너희가 튀김이 뭔지 알아?'라며 자신만만하게 팔짱을 끼고 내 반응을 지켜보는 셰프의 환영(幻影). 마치 지금까지 내가 먹었던 모든 튀김이 부정당하는 그런 기분이다.

두꺼운 고기에 결코 얇지 않은 튀김옷을 입혀 겉은 바삭하되 속은 촉촉한, 튀김의 교본을 그대로 재현하는 돈까스는 요즘 많은 가게들이 취하는 방식인 두꺼운 고기에 얇은 튀김옷을 비난하는 듯한 기분까지 든다. 일본식 돈까스에서 흔히 볼 수 있는, 돈까스 아래에 깔려 있는 식힘망조차 없다. '그런 거 없어도 우리 돈까스는 눅눅해지지 않는다'는 자신감이 철철 넘쳐흐른다.

히레 또한 박력 넘치는 로스에 전혀 뒤지지 않는다. 고기가 부드러운 만큼 바삭한 튀김옷과의 콘트라스트가 뚜렷한 인상을 새긴다. 맛보기로 소바가 같이 나오는 점도 반갑다. 돈까스를 먹고는 있지만 그래도 이름부터 전문 소바집인 가게이니 '나중에 소바도 잡숴 봐'라며 슬며시 영업하는 듯한 의도가 그리 기분 나쁘지는 않다. 소바라는 음식에 조예가 깊지 않아 자세한 평은 어렵지만 곁들여 나오는 메뉴로는 충분히 훌륭하다. 반찬으로 김치와 단무지를 낸다는 점에서 어느 정도는 현지화를 피할 수 없었겠다는 생각이 들면서도 또 이런 점이 한국에서 돈까스를 먹을 때의 재미 아닐까 싶다.

점심으로 돈까스를 한 번 먹고 나면, 다음에는 저녁에 와서 소바와 튀김, 거기에 술까지 곁들여 한 상 거하게 먹고 싶은 생각이 절로 드는 가게다. 속속 손님들이 몰려오는 가게임에도 주차장도 따로 없으며 주말에는 아예 열지도 않는 배짱 영업을 하는 데에는 그만큼 음식에 대한 자신감과 자부심이 뒷받침되기 때문이리라.

누군가 '안'이 소바집이 아니라 돈까스집을 나타내는 말이라고 믿는다면, 필시 오무라안의 잘못이다.

■ 오무라안

주소	서울 강남구 논현로79길 66
전화번호	02-569-8610
영업시간	11:30~22:00 / 브레이크타임 14:00~17:30
휴무일	토요일, 일요일
가격	돈카츠(히레·로스) 12,000원 / 모리소바 8,000원

융합이냐
통섭이냐

Spot   돈가쓰살롱
Menu   등심까스

여러분은 살롱(salon)이라는 말을 아시는지. 살롱은 본디 프랑스어로 손님을 맞이하는 객실이나 응접실을 뜻하고, 이러한 공간에서 열리는 상류층의 사교 모임을 의미하는 단어다. 즉, 문학과 예술을 비롯해 다양한 주제를 놓고 토론을 벌이는 장소이자 모임 자체가 살롱으로, "문명하셨습니다"라는 밈으로도 유명한 게임인 시드마이어의 〈문명〉 시리즈에서 프랑스 문명의 고유 건물로 등장하기도 할 만큼 독특하고 고상한 문화라 할 수 있다.

그런데 살롱에는 손님을 맞는 공간, 상점이라는 뜻도 있다 보니, 살롱 앞에 '뷰티' 등을 붙여 미용실을 뜻하는 단어로도 많이 쓰게 되었다. 지금은 어느 동네에서나 '××헤어 살롱' 같은 간판을 쉽게 찾아볼 수 있다.

여기까지는 별문제가 없지만, 엉뚱하게도 유흥업소에

까지 이 단어가 쓰인다. "칸막이가 있는 방에서 술을 마실 수 있게 된 술집"이라고 국어사전에까지 등재된 단어, 바로 '룸살롱'이다. 영어에서 술집이나 바를 뜻하는 설룬(saloon) 역시 살롱에서 유래했다고 하는데, 아마도 여기에 방을 뜻하는 룸을 더해 만들어진 게 아닐까. 우리나라에서 흔히 룸살롱 하면 사람들이 떠올리는 이미지는 굳이 말할 필요조차 없으리라. 어쨌든 우아하고 고상한 이미지를 지닌 살롱이 이렇게나 변질된 것을 안다면 프랑스인들도 반기지는 않을 테다.

여기, 살롱의 명예를 회복시켜줄 훌륭한 가게가 있다. 서울 종로구 통인동에 위치한 '돈가쓰살롱'이다.

돈까스와 살롱의 조합이라니, 떠오르는 이미지는 왠지 화려한 문양으로 장식된 육중한 문을 지나면 정장을 차려 입은 직원들이 앤티크한 테이블을 앞에 둔 안락한 소파 자리로 안내한 후 격식 있는 메뉴판을 가져다 줄 듯하지만, 실은 밖에서도 내부가 훤히 들여다보이는 단층짜리 평범한 가게다.

격식을 차리지 않은 평범한 메뉴판을 집어 들면 "Salon de Donkkasu"라는 제목 아래에 사진을 곁들인 메뉴 설명이 나와 있다. 가게 이름과 메뉴판으로 미뤄볼 때 일본식보다는 한국식 혹은 퓨전 스타일에 가까운 돈까스를 내는 듯하다. 콤비니 모둠이니 다양한 돈까스를 한번에 맛볼 수 있는 메뉴들도 있지만 일단은 기본이 되는 등심까스를 주문한다.

곧이어 나오는 수프가 이 가게의 정체성을 다시 한 번 일깨워준다. 흔한 왕돈까스집에서 맛볼 수 있는 그 '스프'는 아니다. 무척 공을 들여 끓인 맛은 아니지만 시판용 수프보다 맛이 진하고 풍미가 좋다. 빈속에 튀김을 받아들일 수 있게 준비를 해주며 입맛을 돋우기에는 부족함이 없는 수프다. 테이블을 둘러보면 타바스코소스를 비롯해 칠리소스와 케첩, 소금과 후추 등을 비치해두었는데 이 또한 '양식'임을 강조한다는 느낌을 풍긴다.

이윽고 돈까스가 나온다. 세련미 넘치는 접시와 구성, 외관만으로도 다른 돈까스와 차별점이 분명하다. 아, 이것이 살롱 드 돈까스! 썰지 않고 통째로 낸 돈까스 두 조각과 드레싱을 뿌린 믹스 샐러드, 돈까스소스치고는 독특한 붉은색 소스에 작은 감자 한 조각과 밥. 여러모로 기대되는 구성이다. 언제나 치르는 의식처럼 돈까스를 한 조각 썰어 그대로 맛을 본다.

'그래 이거지, 이게 돈까스지!' 속에서 절로 탄성이 터져 나온다. 경양식이든 왕돈까스든 일단 한국식 범주에 들어가는 돈까스는 대개 고운 빵가루를 쓰고, 고기를 망치로 두드려 얇게 펴서 튀기는 방식이 주류인데, 돈가쓰살롱의 등심까스는 외관과 구성으로는 경양식에 가까우면서 튀김옷과 고기는 일본식 돈까스와 더 비슷하다. 두툼한 고기를 즐길 수 있다는 메뉴 설명대로 확실히 볼륨감 있는 고기를 입자가 큰 빵가루를 입혀 바삭하게 튀겨낸 맛이 일품이다.

처음 한 입이 주는 뚜렷한 인상은 비단 두툼한 고기와 바삭한 튀김옷에서만 나오는 것은 아니다. 소스나 소금의 힘을 빌리지 않고 그대로 먹었음에도 맛이 꽉 찬 듯한데, 이는 밑간이 훌륭하다는 뜻이다. 요리의 기본 중 기본인 간을 적절히 하는 가게가 특히나 돈까스 가게 중에서는 이상하다 싶을 만큼 적은 편이라, 돈가쓰살롱처럼 기본을 제대로 지키기만 해도 강렬한 인상을 남긴다. 왼손이 거들기만 하듯, 소스와 소금도 그저 옆에서 거들 뿐 주역은 아니다. 돈까스가 스스로 중심을 잡으니 소스는 맛을 확장해주기만 하면 된다. 간을 맞춰야 한다는 족쇄에서 풀려나 자유로워진 소스는 본연의 임무에 집중해 한층 다채로운 맛을 전개하도록 돕는다. 미트소스스파게티의 바탕이 되는 토마토소스와 비슷한 소스는 슴슴하면서도 감칠맛과 신맛을 두루 갖춰 더욱 즐겁고 '복잡한' 경험을 선사한다. 우스터소스나 데미글라스소스 혹은 간장소스와 확연히 다른 토마토소스는 한국식과 일본식 어디에도 속하지 않는 독특한 길을 만들어낸다. 맛도 있으면서 개성이 뚜렷한 음식, 누구나 만들고 싶지만 어려운 돈까스가 바로 눈앞에 있다.

돈까스집의 주류인 채 썬 양배추 샐러드 대신 잎채소를 중심으로 한 믹스 샐러드를 낸다거나, 기다란 프렌치프라이나 웨지 감자가 아니라 감자 한 알로 포인트를 주었다는 점 역시 눈여겨볼 만하다. 이런 점이 더 낫다는 뜻이 아니라, 음식의 '이미지'를 만들어가는 과정에서 구성 요소 하나하나가 의미를 지닌다는 점에서 그렇다.

예를 들어, 같은 양배추 샐러드를 낸다 하더라도 아주 가늘게 썰어 참깨드레싱이나 이탈리안드레싱을 올리면 일본식 느낌을 준다. 반면 조금 더 굵게 썰어 마요네즈와 케첩을 동시에 뿌리면 한국식에 가깝다. 여기에 마카로니 사라다를 곁들이면 정석 왕돈까스 가니시가 된다. "북유럽풍 요리를 만들고 싶으세요? 일단 음식에 연어나 청어를 넣습니다. 그리고 그 위에 딜(허브의 일종으로 샐러드, 생선요리 등에 쓰인다)을 장식하세요. 짜잔! 훌륭한 북유럽 요리입니다!"라는 농담을 이따금 하는데, 이처럼 음식의 구성 요소에 조금씩 변주를 주는 것만으로도 전체 음식 이미지가 확 달라질 수 있다.

"작은 차이가 명품을 만든다"라는 말처럼 모든 자잘한 요소가 돈가쓰살롱의 돈까스를 더욱 특별한 위치로 이끈다. 한국식도 일본식도 아니면서 또 경양식도 정통 양식도 아닌, 제3의 돈까스랄까? 이쯤 되니 돈가쓰살롱이라는 가게 이름은 탁

월한 선택이었다.

　문화가 피어나는 장소인 살롱에서 새로운 돈까스가 태어나니 이 얼마나 재미있는 작명인가. 21세기 살롱에서는 꼭 문학과 미술, 정치만을 논할 필요는 없다. 많은 돈까스 애호가들이 여기 살롱에 모여, 기본을 충실히 지킨 돈까스를 맛보며 어떤 돈까스가 최고인지 서로 의견을 나누는 상상을 해본다.

　그대여, 살롱으로 오라. 내 여기서 그대를 기다리노라.

■ 돈가쓰살롱

주소	서울 종로구 자하문로7길 20
전화번호	02-722-8112
영업시간	12:00~21:30
휴무일	연중무휴
가격	등심까스 9,500원

운명적
생선까스

Spot 사가루가스
Menu 모둠가스

나는 회의주의자다. 모든 일은 필연이 아니라 우연이라 생각하며 운명 따위 결코 믿지 않는다. 사주니 혈액형별 성격이니 별자리 운세니 하는 것들도 물론 재미로 즐길 수야 있지만, 꽤나 진지하게 받아들이는 사람과는 결이 맞지 않는다. 언제나 확증편향에 빠지지 않도록 의심하고 또 의심한다. 그럼에도 살다 보면 가끔은 거짓말처럼 차라리 운명이라고 믿어버리는 편이 더 납득되는 순간도 있다. 그날도 그랬다. 내가 피했는데도 일부러 운명이 나를 찾아온 듯한 그런 불가사의한 만남, '사가루가스'에서 겪은 일이다.

서울 약수역 근처에 있는 사가루가스는 입구부터 흥미롭다. 2층 계단을 오르면 양쪽으로 문이 있는데 왼쪽이 사가루참치, 오른쪽이 사가루가스다. 구조며 이름이며 한 가게에서 운영하리라는 느낌이 직감적으로 든다. 참치와 돈까스라…. 참치도 좋아하는 음식이지만 오늘의 방문 목적은 당연히 돈까스이니 오른쪽 문으로 들어선다.

주문을 하기 위해 두리번거리다 보면 아마도 누구나 눈길을 빼앗길 법한 안내문을 발견할 수 있다. "횟감용 참치로 생선까스를 만듭니다". 참치와 돈까스! 입구에서 잠시 스쳐 지나간 의문이 순간 스르르 풀린다.

생선까스라는 음식은 독립적이지 않다. 분명 대한민국 어딘가에는 생선까스 전문점도 있겠으나 직접 가본 적은 없고, 있다 한들 확실히 말할 수 있는 사실은 돈까스 전문점에 비하면 그 수가 무척 적을 것이라는 점이다. 그리하여 대개는 돈까스 가게의 메뉴 중 하나인 게 현재 우리나라에서 생선까스의 위상이라 하겠다. 전문점이 적은 만큼 다양한 형식으로 발전하기란 무척 어렵다. 어떤 장르든 세분화가 되려면 일단 절대 수가 많아야 하는 게 상식 아닌가.

상황이 이러하니 생선까스는 그저 생선까스로만 존재할 뿐 카테고리를 자세히 나누기도 어려운데, 하물며 듣도 보도 못한 참치로 만든 생선까스를 내는 가게라니. 이는 역시 참치 가게를 겸하기 때문에 가능한 일이리라.

워낙에 생선보다 고기를 좋아하는 데다 생선까스의 위상이 돈까스에 비하면 보잘것없다고 생각했기에 내게 생선까스란 그저 별 존재감 없는 음식이었다. 굳이 찾아서 먹지 않고 내 돈 내고 사 먹지도 않으니 급식에나 나오면 군말 없이 먹는 정도의 음식이랄까. 그런데 생선까스라면 흔히 떠올릴 수 있는 명태나 대구였다면 그냥 지나쳤겠지만, 참치를 튀긴 것이라니 구미가 당길 법도 하지 않은가. 오늘만큼은 돈까스를 제쳐두고 변덕에 몸을 맡겨볼까?

꼭 이럴 때에는 쓸데없이 내 안의 고지식함이 이긴다. 고백하자면, 원래는 치즈돈까스를 무척 좋아하는데, 돈까스집을 소개하는 블로그를 시작하고서부터는 치즈돈까스나 정식 같은 메뉴에 끌리더라도 꿋꿋이 기본 돈까스를 주문한다. 고민 끝에 오늘도 결국 마찬가지다. 기본인 돈까스가 맛있다면 나중에 또 올 기회가 있겠지. 참치고 뭐고, 그래봤자 생선까스 아니겠는가?

보글보글 경쾌하게 기름에 튀기는 소리를 들으며 경건한 마음으로 음식을 기다리고 있는 중에 주방에서 사장님으로 보이는 분이 수심 가득한 얼굴로 다가온다. 심상치 않다. 뭔가 잘못되었을까?

"저… 등심으로 시키셨죠? 죄송한데, 주문을 잘못 들어서 모둠으로 튀겼어요. 그냥 등심 가격에 드릴 테니 괜찮으시다면 모둠으로 드시지 않겠어요?"

솔직히 말하면 탐탁지 않기는 하다. 물론 여러 메뉴를 조금씩 맛보면 좋겠지만 다른 곳들과 비교하기 위해 굳이 다른 메뉴의 유혹에 넘어가지 않고 일부러 기본인 돈까스를 시키는 것인데…. 하지만 나 또한 음식 장사를 해본 사람으로서 사장님의 마음이 충분히 공감되니 딱 잘라 거절하기도 어려운 노릇이다. 그래, 나는 삶의 우연을 즐기는 사람 아니던가. 받아들이자, 이 또한 모험의 일부이니까. 머릿속으로는 이런저런 생각에 잠겼던 것도 잠시, 사실 사장님이 제안하시자마자 거의 즉각적으로 흔쾌히 승낙했다. 고민하다가 놓아주었던 참치는 결국 이렇게 다시 나를 찾아왔다.

상을 받아드는 순간부터 감탄이 절로 나온다. 참으로 정갈하고 정성 가득한 한 상이다. 돈까스 경험이 이쯤 쌓이면 조금 과장해서, 척 보면 딱 답이 나오는데, 드레싱이며 소스며 다 직접 만들었을 것이다. 게다가 생선까스와 새우튀김에 맞춰 타르타르소스까지 따로 냈다. 이런 세심한 점이 초장부터 마음을 사로잡는다. 주문 실수에서 비롯된 찜찜함은 이미 눈 녹듯 사라진 지 오래다.

어떤 순서로 먹어볼까? 이는 돈까스를 즐길 때 꽤 중요한 요소다. 스시도 그렇지만 원칙은 대개 비슷하다. 담백한 부위부터 시작해서 점차 기름진 쪽으로 옮겨간다. 그래서 일반적인 돈까스 모둠이라면 안심에서 등심을 거쳐 특등심이나 상등심으로 가는 편이 기본인데, 뭐, 꼭 따라야 할 철칙은 아니다. 먹는 사람이 가장 즐거운 방식으로 먹는다면 결국 그게 정답이니까. 그런데 이곳처럼 보통 생선까스보다는 훨씬 기름질 가능성이 높은 참치까스에 새우튀김, 치즈돈까스까지 다 섞여 있으면 문제는 복잡해진다. 에라, 모르겠다. 일단은 그렇게 궁금했던 참치부터 한 입 먹어본다.

입에 넣는 순간 눈이 번쩍 뜨인다. 막연하게 다르리라 예상하고 먹었는데도 상상이 현실을 뛰어넘지 못했다. 따지고 보면 참치를 이런 식으로 익혀 먹는 경험도 여간해서는 하기 쉽지 않다. 고급 부위라면 대개 회나 스시로 즐기며, 캔 참치는 정확히 말하면 참치라고 하기도 어렵다. 겉을 토치로 살짝 그슬려 내는 다타키 정도나 되어야 그나마 익힌 참치를 맛볼 수 있지만, 그 역시 이렇게 통째로 튀긴 것과는 전혀 성질이 다르다.

분명 생선 살이 있었는데, 진한 여운을 남기며 금세 사르르 녹아 없어진다. 자칫 느끼할 수 있는 인상을 훌륭한 타르타르소스가 보완한다. 소스의 바탕이 되는 마요네즈는 본디 기름지고 느끼하나, 여기에 레몬 즙이 어우러져 기분 좋은 신맛으로 느끼함을 잡아준다. 부재료들이 내는 향과 식감 또한 및

밋할 수 있는 소스에 생기를 불어넣는다. 참치의 부드러우면서도 진한 맛이 풍미를 살려주는 소스와 조화를 이루니 언제 이런 조합을 본 적 있나 싶다. 그릇된 생선까스와 부도덕한 타르타르소스가 만나면 퍽퍽함과 느끼함이 중첩되어 식사 전체를 사망의 음침한 골짜기로 몰아넣는 비극이 벌어지기 일쑤인데, 사가루가스의 이 콤비는 실로 수어지교(水魚之交)라는 말이 지나치지 않을 만큼 적절하다. 마침 참치는 물고기요 소스는 액체이니 이보다 더 좋은 비유가 있을까?

참치까스의 맛과 인상이 강렬한 나머지, 다른 부위는 비교적 개성이 덜하게 느껴진다. 그렇다고 나쁘지는 않다. 기본을 지키는 선 안에서 무난하게 맛있다. 기분 좋은 식사를 하면 의례처럼 콜라를 주문한다. 빡빡한 원가 안에서 큰 이윤을 내기 어려운 외식 업계의 현실을 감안하면 마음으로는 항상 음료라도 하나 더 마셔 도움을 드리고 싶지만, 어디 사람 마음이 항상 그렇게 푸근하기만 하랴. 일단 음식이 맛있어야 그런 인심도 나는 법이다. 항상 선인이 될 수야 없지만 오늘처럼 즐거운 식사를 했다면 달콤 쌉쌀한 콜라와 함께 식사를 복기해보는 것도 큰 즐거움 중 하나다.

분명 가게 측의 실수였으나 그 덕분에 오히려 더 풍성한 식사를 했으니 정당한 가격을 지불하는 것은 당연한 일이다.

제값을 모두 내려고 하니 한사코 거절하는 사장님. 결국 모둠 가격을 내는 대신 나중에 마신 음료를 서비스로 받은 셈 치는 선에서 타협했다.

꼬리에 꼬리를 문 우연이 부른 뜻밖의 완벽한 식사. 돈까스의 신이 인도한 것만 같은 이 운명과도 같은 사건이 정녕 순수한 우연이었을까 싶을 만큼 귀하디귀한 경험이었다.

일본어에서 사가루(下がる)는 '내려가다', '떨어지다' 등의 뜻을 품은 단어다. 중국집이었다면 '-루'로 끝나는 한자 작명이 빈번하여 전혀 어색하지 않았겠지만, 일식이다 보니 필시 일본어가 분명할 텐데, 가게 이름에 부정적인 의미가 들어간 연유가 무척 궁금했다.

알고 보니, 사장님 왈, 원래는 '번영하다'라는 뜻을 지닌 사카에루(栄える)인데 길어서 발음하기 귀찮아 적당히 줄였다고 한다. 부디 사가루가스가 그 본뜻처럼 결코 떨어지는 일 없이 언제까지나 번창하는 가게가 되기를 빌어본다. 자칭 회의주의자인 내 정체성을 잠시나마 송두리째 흔든 가게이니 그만큼의 깜냥 정도야 차고 넘칠 것이다.

■ 사가루가스

주소	서울 중구 다산로 114-1
전화번호	02-3298-6752
영업시간	월~금요일 11:00~20:00 /
	브레이크타임 14:00~17:00
	토요일 11:00~14:00 / 토요일은 브레이크타임 없음.
휴무일	일요일
가격	모둠가스 14,000원 / 생선가스 9,000원

승리를
예감케 하는 맛

Spot 카바동
Menu 타레카츠동

일본에 살면서 아이를 키우는 친구가 있다. 아이는 아직 어리지만 언어에 재능이 있는 부모를 닮았는지 끊임없이 말장난을 친다고 한다. 예를 들자면, "버섯이 바지를 버섯", "판다가 코 판다", "만두로 글자를 만두러 보자" 같은 식이다. 이런 개그에 재미를 붙인 아이는 한국어, 일본어 가리지 않고 틈만 나면 말장난을 쏟아낸다 한다. 벌써부터 장래가 촉망되는 '아재 개그'계의 샛별이 아닐까 싶다.

아재 개그. 우리나라에서는 아재 개그니 부장님 개그니 하여 시시껄렁한 농담으로 취급하지만, 일본에서는 전 연령대를 아우르는 가벼운 조크로 통한다. 이런 말장난을 다자레(駄洒落)라고 하는데, 주로 동음이의어, 앞으로 읽거나 뒤로 읽어도 같은 문장, 난센스 등을 활용한다. 다자레를 잘하려면 어휘도 많이 알아야 하고 문장 내에서 의미가 통해야 재미있으므로 어린이들의 언어 발달에 긍정적인 영향을 준다고 생각해서인지, TV 어린이 프로그램 등에서도 자주 볼 수 있다. 말로 사람을 웃긴다는 행위는 따지고 보면 엄청 똑똑한 사람이나 구사할 수 있는 고급 기술이다. 이런 다자레에 일본인들이 얼마나 진심인지 엿볼 수 있는 일화가 있다.

2016년 일본 프로야구 최종 승자를 가리는 재팬시리즈에서 히로시마 도요 카푸와 닛폰햄 파이터스가 맞붙었다. 지금은 전 세계 야구팬 중 모르는 사람이 없을 오타니 쇼헤이가 바로 닛폰햄 파이터스 선수였다. 이때 히로시마에서는 돌연 '햄까스(ハムカツ. 말 그대로 햄에 튀김옷을 입혀 튀긴 음식이다)'를 팔던 가게들이 일시적으로 햄까스를 팔지 않기로 했다. 이유는 햄까스라는 이름이 지닌 의미 때문이다.

햄은 닛폰햄의 햄과 같고, 까스는 일본어 발음으로 카츠인데 '이기다', '승리하다'라는 뜻을 지닌 단어 勝つ와 발음이 같다. 즉 닛폰햄이 이긴다는 상징적 의미를 지니기에 히로시마 팬을 비롯하여 지역 상인들이 한마음 한뜻이 되어 햄까스를 팔지도 먹지도 않은 것이다. 안타깝게도 팬들의 이런 지극정성은 보답받지 못한 채 닛폰햄이 시리즈 우승을 가져가고 말았다.

비슷한 맥락에서, 일본에서는 중요한 경기나 회사 면접을 앞둔 '최후의 식사'로 돈까스덮밥인 카츠동(かつ丼)을 먹는

관습이 있다. '이기다'라는 뜻도 되는 카츠가 메뉴 이름의 맨 앞에 오고, 또 덮밥은 가장 간단하게 먹을 수 있는 한 끼 식사이다 보니 돈까스보다 기왕이면 카츠동으로 굳어진 게 아닐까 싶다. 카츠동 이야기를 하다 보니 배가 출출하지 않은가?

서울 강남구 신사동에 있는 카츠동 가게 '카바동'. 카바는 일본어로 '하마'를 뜻하는데, 가게 로고를 보면 물에 떠 있는 하마가 마치 밥 위에 얹어 놓은 돈까스를 연상케 한다. 입에도 착 붙으면서 재미있는 모티브를 지닌 가게 이름이다.

자리는 카운터석으로만 10여 석, 좁은 가게에서 적은 인원으로 최적의 효율을 내도록 설계한 구조다. 메뉴에 다른 덮밥도 있지만 주력은 카츠동. 그런데 이곳에서는 우리나라에서 널리 알려진 카츠동과는 조금 다른 타레카츠동을 선보인다.

여러분은 카츠동 하면 어떤 모습이 떠오르는가. 적당한 사발에 밥을 깔고 그 위에 돈까스 그리고 살짝 풀어 익힌 계란. 그렇다, 이 계란이 사실 카츠동의 핵심 요소 중 하나이고, 특히 우리나라에서 카츠동 하면 대부분 이런 형식으로 음식을 낸다. 하지만 실상 카츠동의 본향 일본 전체로 확대해서 보면 오히려 계란이 들어가지 않은 카츠동이 더 많은 느낌이다. 후쿠이, 후쿠시마, 군마의 소스카츠동, 오카야마의 데미카츠동, 나고야의 미소카츠동 그리고 니가타의 타레카츠동이 그렇다. 넓은 의미에서 이런 카츠동을 통틀어 소스카츠동이라고 하는데, 큰 특징은 돈까스를 소스에 버무리거나 돈까스 위에 소스를 뿌리고 밥과 돈까스 사이에 잘게 썬 양배추를 까는 것이다. 계란은 들어가지 않는다.

그러면 오늘 메뉴인 타레카츠동은 또 뭐가 다를까? 일식을 좀 먹어봤다면 '타레(タレ)'라는 말을 들어본 적 있을 것이다. 타레는 우리가 익히 아는 소스와 거의 흡사하지만 약간의 차이가 있다. 소스는 주로 양식풍 요리에 쓰며 조리 중에 넣거나 혹은 완성된 요리 위에 뿌리는 액체를 말한다. 타레는 양식 외의 요리에 쓰며 조리 중에 넣거나 혹은 완성된 요리를 찍어 먹는 액체를 말한다.

타레카츠동이 유명한 니가타에서는 간장 바탕에 미림과 설탕을 넣어 타레를 만든다. 그다음 튀긴 돈까스를 타레에 버무린 후에 밥과 양배추 위에 내는 게 일반적이다.

입구에 있는 키오스크에서 주문을 하고 자리에 앉는다. 전형적인 일본 라멘 가게나 덮밥집의 운영 방식이면서 깔끔한 인테리어로 세련된 느낌도 놓치지 않았다.

상등심을 쓴다는 타레카츠동 상을 주문하고 자리에 앉으니 직원이 와사비를 함께 드시겠냐고 물어온다. 꼭 일본식이 아니더라도 습관처럼 돈까스소스에 섞는 겨자보다는 와사비가 좀 더 잘 어울린다고 생각하기에 달라고 부탁한다.

이윽고 나온 카츠동은 카바동이라는 가게 이름과도 잘 어울린다는 생각이 절로 드는 외양이다. 마치 하마처럼 묵직한 돈까스가 밥 위에 떡하니 자리 잡고 있는데 타레에 적신 튀김옷이 진한 고동색을 띠며 시각과 후각을 모두 자극한다. 돈까스를 먹을 때처럼 가운데 한 조각부터 맛을 본다. 가브리살이 붙은 상등심의 기름진 맛이 혀를 타고 뇌를 자극한다. 추가로 소금과 간장 등이 준비되어 있지만 기본 타레만으로도 간은 충분하다. 보통 카츠동은 등심을 사용하고 이보다 바삭하게 튀기며 고기를 좀 더 단단하게 익히는 반면, 카바동의 타레카츠동은 두껍게 썬 상등심의 기름진 맛을 즐기도록 하는 데에 초점을 둔 느낌이다. 기존에 먹어온 카츠동과는 확연히 다른 외관과 맛을 지녀 색다른 재미를 준다.

원래 타레카츠동에는 계란이 들어가지 않는다고 했다. 하지만 카바동의 타레카츠동에는 계란도 들어간다. 다만 카츠동에서 흔히 볼 수 있는 계란 토지(とじ. 계란을 풀어 요리 위에 끼얹고 살짝 익히는 방식)가 아닌, 일본식 오므라이스에 올리는 부드러운 계란 스타일이다.

이연복 셰프가 출연하는 중화요리 유튜브 채널에서 중화식 돈까스인 파이구판(排骨飯)을 만드는 영상을 보면, 일본의 카츠동은 계란물을 위에 뿌리는 탓에 돈까스의 바삭한 식감이 반감되어 아쉽다는 말이 나온다. 카바동의 셰프도 이런 맥락에서 한 선택이었을까? 이미 타레에 적셔 부드러워진 돈까스에 계란까지 덮으면 너무 축축해질까 봐 말이다. 한때 일본식 오므라이스가 유행하여 웬만한 번화가에는 오므라이스 체인점이 하나씩 있던 시절이 있었는데, 최근에는 그런 가게가 많지 않아 이런 폭신폭신한 계란을 맛보는 것도 오랜만이다.

좌석마다 달달한 맛이 감도는 간장계란밥 전용 간장을 비롯해 히말라야 소금, 시치미(주재료인 고춧가루에 일곱 가지 향신료를 섞어서 만든 일본의 조미료) 등 끝까지 질리지 않고 색다른 맛을 느낄 수 있게 해주는 요소들을 비치한 점도 좋다. 반찬으로는 갓의 일종인 다카나가 눈에 띄는데, 살짝 매콤한 맛으로 느끼함을 덜어준다는 점에서 훌륭한 반찬이다.

우리나라에서는 비교적 비주류인 스타일의 음식을 가게만의 고유한 메뉴로 재해석하여 내고, 깔끔한 내부와 친절한 접객이 어우러져 기분 좋은 한 끼를 제공한다. 좋은 가게다.

하마는 순한 얼굴을 한 초식 동물이지만 실은 웬만한 맹수 이상 가는 무서운 동물이라서 한때 인터넷에서 "누구든지 작은 하마를 건들면 ×되는 거예요"라는 밈이 유행하기도 했다. 꼭 이기고 싶은 삶의 순간에 염원을 담아 먹는다는 카츠동.

지상 최강 동물 중 하나인 하마가 이름에 들어간 카바동에서 승리를 뜻하는 카츠동을 먹고 나면, 왠지 힘이 불끈 솟아 오늘 하루 어디서든 반드시 이길 것 같은 기분이 든다. 설령 좋은 결과가 나오지 않는다 한들 상관없다. 식사 한 끼 맛있게 했다면 그날만큼은 누구나 승자다.

■ 카바동

주소	서울 강남구 논현로149길 52
전화번호	0507-1310-6087
영업시간	11:30~21:00 / 브레이크타임 14:30~17:30
휴무일	일요일
가격	타레카츠동 11,000원

제일로
맛있는 집

<u>Spot</u>	젤로 맛있는 집
<u>Menu</u>	돈까스

우리나라의 밥상 문화가 일품요리를 순서대로 먹는 코스 방식이 아니라, 한번에 여러 반찬을 다 펼쳐놓고 먹는 방식이기 때문인지, 식사 때 한 가지 음식만으로는 만족하지 못하는 사람들이 많다.

수요가 있으면 공급이 있는 법. '짬짜면'을 시작으로 '탕짬면', '볶짜면' 등 여러 가지 조합으로 식사가 가능한 중국집은 물론, 치킨도 "반반에 무 많이"가 관용구처럼 쓰인다. 피자는 '하프 앤드 하프'를 넘어서 쿼터, 즉 네 가지 다른 피자를 한 판으로 맛볼 수 있는 가게도 있다. 이미 건국 신화부터 곰이 쑥과 마늘을 섞어 먹고 인간이 되었으니, 어쩌면 이런 반반 문화는 한국인의 DNA에 깊숙이 새겨져 있는지도 모르겠다.

남녀노소 가리지 않고 모두가 사랑하는 분식도 한 가지만 먹으면 서운하기는 마찬가지. 매콤한 떡볶이에 순대든 김

밥이든 곁들이지 않으면 무언가 빠진 듯 허전하다. 하지만 그 중에서도 떡볶이의 '베프'를 꼽자면 단연 튀김이 아닐까? 김말이, 오징어, 야채, 고구마, 못난이만두…. 이런 튀김류는 특히 떡볶이 양념에 버무려 먹는 게 맛있어서 주문하는 즉시 떡볶이에 섞어서 내주는 가게가 많다. 매콤달콤 진득한 떡볶이 양념에 고소하고 바삭한 튀김의 조합은 상상만으로도 자연스레 군침이 돈다.

사정이 이러하니 떡볶이 맛집으로 널리 알려진 가게 중에는 튀김이 맛있거나 독특하여 인기를 끄는 곳들도 있다. 서울 아차산역 '신토불이떡볶이'가 대표적인데, 이곳의 명물은 다름 아닌 핫도그다. 흔한 튀김 대신 핫도그를 동그랗게 잘라서 떡볶이에 버무려주는 것으로 유명하다. 튀김이면서도 겉은 빵이고 속은 소시지인 핫도그는 케첩뿐 아니라 떡볶이 양념과도 합이 잘 맞는다. 순례자들의 발길이 끊이지 않는 성지에는 다 이유가 있다.

한편 돈까스 역시 이런 반반 음식, 세트 음식에서 빼놓으면 섭섭한 음식이다. 한국식 돈까스 가게라면 흔히 '정식'이라는 메뉴를 시켜 돈까스와 함박스테이크, 생선까스 등을 같이 먹을 수 있고, 일본식 돈까스 가게라면 '모둠'이라는 메뉴를 주문하여 등심과 안심, 치즈돈까스, 새우튀김 등을 함께 맛볼 수 있다. 그러고 보면, 양쪽 다 '정식'이라는 개념이 있지만 서로 뜻하는 바가 다르다는 점이 흥미롭다. 한국식에서는 앞에서 말한 것처럼 여러 메뉴를 조금씩 맛볼 수 있는 게 정식인 데 비해, 일본식에서는 단품과 대립하는 개념으로 작은 우동이나 소바를 함께 내는 것을 정식이라 부른다. 어찌됐든 돈까스도 다른 음식과 함께 먹고 싶어 하는 사람이 많다는 방증이리라.

정식과 모둠이 전통적 조합이라면 조금 더 과감한 시도를 하는 가게도 있다. 돈까스와 함께 냉면이나 국수류를 같이 내는 것이다('토리돈까스' 편에서 잠깐 언급한 바 있다). 냉면에는 보통 수육을 고명으로 얹는데, 고기 대신 돈까스를 곁들인다고 생각하면 꽤 괜찮은 발상이다. 같은 육류이면서도 돈까스는 튀김이므로 좀 더 기름지고 배불리 먹을 수 있다는 측면에서 만족감을 주기 때문이다.

학교 앞에서 파는 '피카츄 돈까스'를 그리워하는 사람이라면 돈까스와 분식이라는 조합도 떠올려볼 수 있다. 떡볶이에 튀김이야 앞에서 말했듯 찰떡궁합인데, 핫도그도 잘 어울리는 마당에 돈까스가 안 어울릴 이유가 없다. 그런데 돈까스와 떡볶이를 같이 먹을 때에는 좀 아쉬운 점이 있다. 돈까스 전문점에서 떡볶이를 같이 하는 경우는 드물고 대개 분식집에서 돈까스를 함께 판다. 그러다 보니 돈까스를 직접 만들지 않고 시판용 냉동 돈까스를 튀겨서 내는 가게가 많기 때문이다. 물론 분식집에서 먹는 돈까스만이 지닌 맛과 정서가 있기는 하지만, 아무래도 맛있는 돈까스와 떡볶이를 함께 먹을 수 있으면 좋겠다는 바람이 스멀스멀 새어 나오는 것을 막기는 어렵다. 하지만 단념은 이르다. 서울 종로구 혜화동 '젤로 맛있는 집(이하 '젤로')'에서 그 꿈을 이룰 수 있기 때문이다.

젤로는 깔끔하면서 아담한 동네 밥집 느낌이 잘 느껴지는 가게다. 간판에 그려진 사장님 내외의 캐리커처가 친숙한 분위기를 자아낸다. 대표 메뉴인 돈까스를 비롯해, 모밀('메밀'이 표준어이지만 메뉴 이름이 모밀이므로 고유명사로 취급한다)과 떡볶이, 오므라이스 등 몇 가지 식사류를 판다. 대표 메뉴인만큼 돈까스는 말할 것도 없이 훌륭하지만 이곳을 제대로 즐기려면 그저 돈까스를 먹는 것만으로는 부족하다. 추가 메뉴로 주문할 수 있는 '돈까스 한 장'. 이게 바로 젤로의 핵심이라 해도 지나치지 않다.

단품 돈까스만 먹거나 추가 돈까스를 새우오므라이스, 돌솥낙지비빔밥 등의 다른 식사류에 곁들이는 것도 나쁘지 않지만, 돈까스와의 궁합으로 따지자면 떡볶이나 모밀과 함께 먹는 것이 제일 좋다. 특히 이곳의 떡볶이는 국물이 자작한 국물 떡볶이라서 돈까스를 푹 담가 먹기에 안성맞춤이다. 양념이 되직한 떡볶이라면 처음부터 버무려 먹어야 제맛인데, 젤로의 돈까스처럼 빵가루 입자가 큰 일본식 돈까스라면 국물 떡볶이랑 더 잘 어울린다.

젤로의 떡볶이는 쌀떡이면서 탱글탱글하여 밀떡을 좋아하는 사람에게도 충분히 매력적이다. 그와 동시에 쌀떡이 지닌 쫄깃함을 갖춰, 상대적으로 바삭하면서 단단한 돈까스와 상반되는 균형을 이루기에 즐거움이 배가된다.

분식집에서 한 판씩 미리 끓여서 내는 떡볶이와 달리, 즉석 떡볶이처럼 바로 조리해주는 점도 이곳의 장점이다. 발상과 조합 자체는 훌륭하지만 평범한 떡볶이에 아쉬운 돈까스로 만족하기 어려웠던 사람들에게, 젤로의 떡볶이와 돈까스 콤비는 그야말로 드림팀이라 해도 손색이 없을 것이다. 떡볶이에 돈까스를 곁들이면 충분히 배가 부를 터인데, 그럼에도 아쉬운 사람들을 위해 밥도 준비되어 있으니 혹시나 양이 부족할까 염려하지 않아도 된다.

그렇다면 떡볶이 말고 다른 메뉴와의 궁합은 과연 어떨까? 더운 여름날에는 시원한 냉모밀에 돈까스가 제격이고, 뜨뜻한 국물이 생각나는 겨울날에는 어묵우동에 돈까스가 또 별미다.

돈까스가 지닌 장점에 다른 메뉴를 접목하여 긍정적인

상호 작용을 극대화한 구성, 돈까스를 모듈처럼 이용한 메뉴의 DIY화. 일품 메뉴라는 고정관념에서 벗어나 이처럼 세련된 재해석을 보여준 가게가 또 있던가?

　　젤로는 누구에게나 친근한 느낌이면서도 쾌적한 환경을 제공해서 그런지, 오후부터 저녁 시간대까지 어린이를 동반한 학부모 손님이 끊이질 않는다. 자극적인 맛을 피하고 조금은 심심한 듯 집밥이 떠오르는 맛을 기조로 삼다 보니, 학부모들에게 인기 있는 식당으로 소문이 난 것이리라. 이에 부응하듯 대표 메뉴인 돈까스는 특별히 어린이 돈까스라는 메뉴를 따로 준비하여 어린이 손님도 부담 없이 돈까스를 즐기도록 배려하고 있다.

　　음식을 잘하는 가게는 보통 음식만 잘하지 않는다. 노키즈존이라는 이름하에 어린이를 배제하는 업소가 유행병처럼 번져나가는 요즘, 오히려 그들을 환대하는 젤로는 음식 내외면에서 충분히 다른 가게의 귀감이 될 만하다. 날이 갈수록 각박해져만 가는 이 시대에, 잠시나마 마음을 푸근하게 해주는 가게가 멀지 않은 곳에 있다는 사실이 작은 위안이 된다.

■ 젤로 맛있는 집

주소	서울 종로구 성균관로 90
전화번호	02-741-5080
영업시간	월~금요일 10:30~20:30, 토요일 10:30~16:00
휴무일	일요일
가격	돈까스 8,000원(추가 돈까스 한 장은 4,000원) / 떡볶이 7,000원

금보다 귀한
접객

<u>Spot</u> 최강금 돈까스
<u>Menu</u> 등심 돈까스

서로 다른 음식 사이에는 절대적인 '우열'이 존재할까? 서로 다른 음식이라고 운을 뗀 건, 같은 음식 안에서는 좋고 나쁨이 분명코 존재하기 때문이다. 아무리 '취향'이라는 명분을 내세운들, 적정 범위를 훌쩍 벗어나면 누구에게나 맛이 없을 수밖에. 만일 떡볶이 1인분에 소금 1kg을 넣는다면 과연 이것을 맛있게 먹을 수 있는 사람이 있겠는가. 굳이 이런 터무니없는 예까지 들지 않더라도 잘 만든 음식과 못 만든 음식은 틀림없이 존재하고 그 간극이 클수록 사람들이 내리는 평가도 정확하다.

그렇다면 종류가 다른 음식 사이에는 우열이 존재하냐는 질문으로 다시 돌아가보자. 쉽게 말해 이런 뜻이다. 스테이크는 항상 떡볶이보다 맛있을까? 일단 특별한 경우를 제외하면 스테이크가 떡볶이보다 거의 더 비싸다는 점은 확실하다. 어떤 음식이 다른 음식보다 비싼 데에는 여러 이유가 있지만 가장 큰 원인은 당연히 원가다. 스테이크의 주재료인 소고기가 떡볶이의 주재료인 떡보다 비싸기 때문에 스테이크가 비싼 건 불 보듯 뻔한 일이다. 그런데 이렇게 원가로 벌어진 차이는 나아가 더 큰 격차를 만들어낸다. 스테이크 하우스에서는 상대적으로 더 비싼 음식을 팔기 때문에 더 고급스러운 환경과 서비스를 제공한다. 이미 원가에서 차이가 나기 때문에 다른 요소가 전부 같더라도 스테이크가 떡볶이보다 비쌀 것은 틀림없지만, 그렇다고 해서 민트색 바탕에 흰색이 점점이 박힌 멜라민 그릇에 비닐봉지를 씌우고 그 위에 스테이크를 얹어서 내는 가게는 본 적이 없다. 반대로 테이블에 테이블보를 씌우고 정장을 입은 직원이 와인잔에 오뎅 국물을 따라주는 떡볶이집 역시 본 적이 없다. 이쯤 되면 스테이크가 떡볶이보다 절대적으로 더 맛있는지 판단하기는 어려워도 두 음식 사이에 어떤 '격'이 존재한다고는 말할 수 있다.

레스토랑 가이드로 유명한 미쉐린 가이드에서도 이런 경향은 확연히 드러난다. 물론 이 가이드가 절대적인 권위를 갖는 바이블은 아니다. 그럼에도, 유서 깊고도 세계적으로 명성을 쌓은 매체이니 충분히 참고가 될 만하다. 미쉐린 가이드 서울 편을 보면 떡볶이 가게는 '별'은 고사하고, 적당한 가격으로 좋은 음식을 내는 가게인 '빕 구르망(미쉐린 스타가 붙을 정도는 아니나 합리적인 가격으로 맛있는 음식을 제공하는 음식점을 가리킨다)'에서도 찾아볼 수 없다. 한국인이라면 마다할 수 없다는 제육볶음 역시 마찬가지다. 그나마 냉면, 만두, 곰탕 등이 빕 구르망에 이름을 올리는 정도다. 내가 눈여겨본 음식이 또 뭐가 있겠는가? 당연히 돈까스지. 과연 돈까스 가게는? 불행히도 없다.

만두나 냉면이 들어간다면, 떡볶이까지는 몰라도 돈까스 정도는 충분히 가능성이 있지 않을까? 돈까스집이 단 한 곳도 등재되지 않은 것을 보면 돈까스라는 음식 자체가 미쉐린 가이드에 들어가기에는 격이 안 맞는 걸까?

이웃 나라 일본의 미쉐린 가이드를 보면 돈까스의 위상이 우리나라와 다름을 알 수 있다. 미쉐린 가이드 공식 홈페이지에서 일본 레스토랑을 검색하면 돈까스 가게가 17곳 나온다. 무려 17곳이다(참고로, 전부 빕 구르망이며, 세 곳을 제외하면 전부 도쿄에 있는 가게다)!

나라마다 음식 카테고리 비중이 다르기 때문에, 일식의 한 축으로 당당히 자리매김한 돈까스가 일본 미쉐린 가이드에 이름을 올리는 것은 어쩌면 당연한 일일 테다. 하지만 우리나라에도 현지화를 거친 한국식 돈까스도 있고 준수한 수준의 일본식 프리미엄 카츠도 있다. 언젠가 우리나라에서도 돈까스 가게가 미쉐린 가이드에 이름을 올릴 날도 오지 않을까? 과연 그 날이 오면 가장 먼저 이름을 올릴 만한 가게는 어디일까?

이 시점에서 내게 묻는다면 나는 주저하지 않고 여기를 꼽겠다. 서울 마포구에 위치한 '최강금 돈까스'.

최.강.금. 예전에 모 게임 아이디에서 유래해 유행어가 된 '킹왕짱'과 비슷한 느낌을 주는 이름이다. '가장(최)'과 '강함(강)'이 붙어 이미 최강인데 거기에 '금'까지 더해지니, 킹왕짱이 부럽지 않다. 얼핏 들은 이야기로는, 가게를 운영하는 사장님들의 성을 따서 붙였다고 한다. 여하튼 강렬한 첫인상을 심어주기에는 충분한 이름이다. 그다음 따라붙는 돈까스. 확실히 강하면서도 투박한 인상을 풍기는 "최강금"에 이어 돈까스가 뒤따르니 왠지 와일드한 한국식 돈까스를 낼 것만 같은 예감이 든다. 여기에 얽힌 개인적인 이야기를 하자면, 한때 최강금 돈까스 근처에서 직장을 다녔던 내 동생은 최강금 돈까스에 가볼 만한 시간이 많았음에도 가게 이름을 듣고는 그저 평범한 한국식 돈까스를 파는 가게라 생각하여 굳이 가보지 않았다고 했다. 하지만 이러한 선입견을 가졌다면 배신감(?)을 느낄 만큼 섬세한 돈까스를 내는 집이다.

이곳은 입구에서부터 접객에서 한 수 보여주는 느낌이다. 손 소독과 발열 체크를 하고 안내 사항을 물 흐르듯 전달하는 직원은 코로나 시대에 모든 가게들의 모범이 되기에 모자람이 없다. 내부는 다소 좁은 편으로 주방을 가운데에 두고 디귿자 모양으로 빙 두른 카운터석 13석이 전부다. 굳이 테이블석을 두지 않아 좁은 공간을 최대한 효율적으로 활용한다는 인상을 준다. 돈까스를 만들어 튀기고 써는 모습까지 바로 눈앞에서 감상할 수 있는 점도 재미있다.

　　돈까스는 등심과 안심, 특등심 세 가지. 여기에 곁들이는 술을 몇 종류 파는 점이 독특하다. 특히 눈이 가는 것은 잔으로 파는 지리산 솔송주. 돈까스에 술이라 하면 대개 일본식 돈까스에는 맥주, 한국식에는 맥주와 소주 둘 다 가능하지만 전통주는 찾아보기 어렵다. 병이 아닌 잔으로 팔기에 반주로도 부담 없으면서 식사 전 입맛을 한층 돋우는 기폭제가 될 수 있을 터, 고민 없이 한 잔 먼저 부탁한다.

　　술을 내주는 모습에 나는 감탄하고야 만다. 딱 한 잔만 따라서 건네주는 게 아니라, 직원이 술병째로 들고 와서 간단하게 설명한 후 테이블에서 바로 잔에 따라주는 것 아니겠는가. 사진 찍을 기미가 보이는 손님에게는 술병 사진도 찍을 거냐고 먼저 친절히 묻고는 직접 병을 들어 최적의 사진이 나올 만한 구도를 만들어준다. 외식이 단순히 음식 맛만 보는 행위가 아니라 가게에 들어가서부터 나올 때까지 총체적 경험의 합이라는 점을 떠올린다면, 이런 세심한 접객은 소위 SNS 시대에 걸맞은 맞춤 서비스라 할 수 있겠다.

솔향이 은은하게 번지는 솔송주로 입을 축이고 등심 돈까스를 주문해본다. 테이블 위에는 '돈까스를 맛있게 먹는 법'을 안내하는 책자와 함께 소금, 들기름이 놓여 있다. '맛있게 먹는 법'에 따르면 등심과 안심 먹는 법이 다르다. 등심은 함초 소금과 들기름을 섞어 들기름장을 만든 다음 찍어 먹기를, 안심은 함초 소금만 찍어 먹거나 혹은 들기름을 직접 떨어뜨려 먹기를 추천하고 있다. 아마도 기름진 정도가 서로 다른 부위 특성을 고려하여 좀 더 어울리는 방식을 연구한 결과가 아닐까 싶다. 일러스트를 곁들인 안내 책자 디자인마저 귀엽고 알아보기 쉬우니 무엇 하나 소홀히 하지 않는다는 인상을 심어준다.

돈까스를 만들고 튀기고 써는 모습을 넋 놓고 보고 있으니 이윽고 주문한 돈까스가 나온다. 여느 때처럼 일단 아무것도 찍지 않은 채로 가운데 조각을 맛본다. 아아, 절로 눈이 감기는 맛이다. 적당히 비계가 붙은 등심을 한 입 베어 무는 순간, 고소한 기름기가 입안으로 퍼져나간다. 튀김옷이 얇은 듯 보이지만 튀김의 바삭함을 전달하는 데에는 부족하지 않다. 이어서 '돈까스를 맛있게 먹는 법'에서 알려준 대로 들기름장을 만들어 찍어 먹어본다. 들기름장이 돈까스에 아주 살짝, 독특한 뉘앙스만 주며 풍미를 더한 뒤 퇴장하고 곧 접시 위의 주인공인 돈까스에게 스포트라이트가 향한다. 훌륭한 전개다.

다른 곳으로 눈을 돌려본다. 약간 보랏빛이 도는 양배추 드레싱 색이 은근히 독특하여 시선을 끌고 궁금증을 자아내게 한다. 물어보니, 지리산에서 나는 복분자로 만들었기 때문이라고 한다. 이쯤 되면 콘셉트가 확실하다. 지리산에서 나는 갖가지 재료로 완결된 한 상을 차릴 속셈인 것이다.

대개 콘셉트에 치중하면 본질을 잊는 우를 범하게 되는데, 복분자로 드레싱을 만들다니, 음식을 너무 우습게 보는군… 그런데 아앗!? 우습게 본 건 나였다.

적절한 선에서 단맛을 억제하고 신맛이 기분 좋게 뒷맛을 정리한다. 콘셉트를 유지하면서도 이렇게 찰떡궁합처럼 어울리는 드레싱을 만들어내다니. 앞서 들기름장에서도 느꼈지만 이쯤 되면 우연이 아니다. 이런 완벽한 조합을 선보이기까지 얼마나 많은 연구와 시행착오를 거쳤을까 생각해보면 절로 경외심이 든다.

양배추 샐러드로 쉼표를 한 번 찍어주고 난 다음, 양 끝 두꺼운 조각은 소스와 함께 마무리한다. 돈까스를 다 먹을 때쯤 입가심으로 오미자 요거트가 나오는데 이 집은 마지막까지도 흐트러짐이 없다. 종종 요거트를 디저트로 내는 가게는 있

금보다 귀한 경계

지만 대개 시판용 요거트를 그대로 내거나 혹은 수제이더라도 단맛이 너무 강해, 사실상 설탕물과 다름없는 경우가 많다. 하지만 이 오미자 요거트는 마치 셔벗처럼 찌르는 신맛을 중심으로 기름진 식사로 피로한 미각에 신선한 충격을 선사하여 활력을 되찾게 돕는다.

기본이라 할 수 있는 음식 만듦새는 말할 필요도 없는 데다가, 잘 짜인 스토리텔링이 담긴 확실한 콘셉트, 이를 든든히 뒷받침해주는 일류 접객까지. 앞에서 "카츠"라는 이름이 들어간 가게는 일본식 돈까스를 낸다고 했는데, 최강금 돈까스는 돈까스만 놓고 보면 확연한 일본식이지만, 지리산을 콘셉트로 한국 느낌이 물씬 나는 재료들과 전통주까지 페어로 갖춰 어디에서도 맛볼 수 없는 한 상을 만들어냈다는 점에서 거듭 감탄이 나온다. 아마도 '카츠 최강금'이 아니라 '최강금 돈까스'라는 이름을 쓴 데에는 일본식 '카츠'가 아닌, 한국식 돈까스의 새 지평을 열어보겠다는 야심찬 선언이 담긴 것이 아닐까?

돈까스만 놓고 본다면 더 잘하는 가게가 있을지도 모르겠다. 그러나 파인 다이닝을 연상케 하는 구성과 접객, 총체적 경험에서 주는 압도적 즐거움에서 최강금 돈까스를 앞지를 가게는 그리 많지 않으리라. 설령 미쉐린 가이드에 이름을 올리지 못한다 한들 어떠하랴. 이 한 끼에서 내가 얻은 기쁨과 그들이 보여준 잠재력은 금보다 더 가치가 있거늘. 내 마음속 돈까스 가이드에서는 이미 찬란한 별 3개를 박아 넣은 최강의 돈까스다.

■ 최강금 돈까스

주소	서울 마포구 월드컵로3길 31-30
전화번호	0507-1328-3646
영업시간	11:30~21:00 / 브레이크타임 14:30~17:00
휴무일	연중무휴
가격	등심 돈까스 14,000원

이것이
장인 정신이다

<u>Spot</u>   가츠오
<u>Menu</u>   쿠로고마 안심 흑가츠

세상일은 한 치 앞도 내다볼 수 없는 안개 속 같기 때문일까? 일정 기준으로 사람들을 분류해 운세를 점치거나 혹은 행동 양식을 예측하는 일은 예나 지금이나 무척 인기 있는 콘텐츠다. 사주를 비롯해 띠, 별자리, 혈액형 등이 시대에 따라 유행해왔는데, 최근에 이 자리를 꿰찬 것이 MBTI가 아닐까 싶다. 타고난 특성으로 결코 바뀌지 않는 생년월일, 혈액형 등을 기반으로 한 콘텐츠에 비해 MBTI는 설문에 대한 응답을 토대로 분류되기 때문에 많은 사람들이 결과로 나온 자신의 유형을 보고 자기와 잘 맞아떨어진다고 느끼는 점이 한층 흥미를 불러일으키는 것인지도 모르겠다.

MBTI가 대세가 되면서 비슷한 형태로 설문을 하고 범주화 시키는 테스트들이 우후죽순 생겨났다. 그중 내가 좋아하는 것은 음식 취향으로 분류하는 테스트다. 예를 들어 짜장면과 짬뽕, 물렁한 복숭아와 딱딱한 복숭아, 프라이드치킨과 양념치킨, 비빔냉면과 물냉면으로 보기를 만들면 나는 단연코 '짬딱프비'인데, MBTI처럼 '맹신자'를 만들어내지 않으면서도 가볍게 친구들과 취향을 비교할 수 있다는 점이 마음에 든다.

다시 보면, 위의 음식 취향 테스트 중 뭔가 빠진 듯한 느낌이 들지는 않는가? 당연하다. 이 분야의 고전이자 영원한 맞수, 탕수육의 '부먹'과 '찍먹' 테스트가 빠진 게 맞다. 이런 논쟁은 비단 우리나라에서만 일어나는 현상은 아니다. 일본에서는 가라아게에 레몬 즙을 뿌리느냐 뿌리지 않느냐로, 영국에서는 밀크티에 차를 먼저 따르느냐 우유를 먼저 따르느냐로 반대파들끼리 마치 불구대천의 원수처럼 서로 으르렁거리기 때문이다.

그런데 사실 탕수육의 부먹 찍먹 논쟁은 애초부터 논쟁거리가 될 일이 아니었다. 가만 생각해보자. 중국집에 직접 가서 탕수육을 주문하면 옵션이 따로 없다. 물론 긴히 부탁을 하면 소스를 따로 내줄 수도 있겠으나, 처음부터 튀김과 소스가 섞여 나오는 음식이 탕수육이다. 부먹 찍먹 논쟁은 시간이 걸리는 배달 환경에 대응하기 위해 본래 소스가 뿌려진 상태로 나오는 탕수육을 튀김과 소스로 따로 포장하면서 시작되었다고 봐야 한다.

취향을 '전가의 보도'처럼 휘두르기 시작하면 음식의 기본으로 여기던 형태까지 무너질 수 있다. 예를 들어, 누군가는 일본 음식인 츠케멘(면을 국물에 찍어 먹는 음식)처럼 짬뽕을 면과 국물 따로 받아 조금씩 찍어 먹고 싶을 수도 있다. 짬뽕 역시 포장 주문을 하면 면과 국물을 따로 포장해주는 가게도 많은데, 그렇다고 짬뽕을 두고 '부국'이니 '찍국'이니 하며 당신은 어느 쪽이 취향이냐고 묻지는 않는다. 탕수육도 기실은 마찬가지다.

그런데도 나는 찍먹이 좋다? 물론 그럴 수 있다. 이런 찍먹파를 위해 찍먹이 기본인 탕수육도 있다. 이따금 중국집 메뉴판에서 '고기 튀김' 혹은 '덴푸라'라는 메뉴를 본 적이 있을 것이다. 이게 바로 소스가 따로 나오는 탕수육이다. 한국어인 튀김이야 그렇다 치고, 일본어인 덴푸라가 중국집에 있으니 조금 이상할 만도 하다. 하긴, '우동'이 짜장, 짬뽕과 어깨를 나란히 하던 시절도 있었으니, 일본어 이름 메뉴가 엄청 별스러운 것은 아니다. 어차피 '중국집'의 음식이란 엄밀히 말해 한식이 아니던가.

덴푸라(天ぷら) 이야기를 하기 위해 조금 멀리 돌아왔다. 예전에는 덴푸라를 어묵이라는 뜻으로 쓰는 사람도 꽤 있었다. 여기서 처음 듣는 분도 있겠지만 흔한 밑반찬인 어묵볶

이것이 정인 정신이다

음을 덴푸라볶음이라 부르기도 했고, 떡볶이에 감초처럼 들어
가는 넓적한 어묵 역시 덴푸라로 통했다. 지금은 어묵을 덴푸
라로 부르는 사람이 거의 없고, 덴푸라는 튀김이라는 인식이
자리 잡았지만 말이다.

　　그런데 덴푸라는 곧 튀김일까? 물론 튀김은 튀김이다.
하지만 덴푸라를 단순히 튀김과 동일시해서 오해가 생기기도
한다. 대체로 우리나라 사람이 생각하는 튀김은 프라이드치킨
처럼 바삭바삭한('바작바작'에 가까운) 튀김옷과 고소한 기름 맛
을 즐기는 음식이지만, 덴푸라는 튀김옷보다 속 재료를 중시하
는 음식이다. 그렇기에 튀김옷은 묵직하게 바삭하기보다는 가
볍게 바삭해 오히려 약간 폭신한 쪽에 가까운 느낌으로 속 재
료 맛을 온전하게 이끄는 게 주된 목표다. 덴푸라의 본고장인
일본에서 유명한 덴푸라 가게들은 다른 무엇보다 제철 속 재료
를 내세운다. 채소나 해산물 등 제철 재료의 맛을 최대한 살리
기 위해 튀김옷은 그저 도울 뿐이다. 그래서 덴푸라를 만들 때
에는 가볍게 바삭한 식감을 살리고자 박력분이나 전분으로 튀
김옷을 입히고(박력분이나 전분은 쫄깃한 식감을 내게 하는 글루텐
의 함량이 낮아 바삭한 식감을 내기에 좋다), 글루텐 생성을 억제하
기 위해 반죽할 때 냉수를 넣기도 한다(글루텐은 온도가 높을수록
형성이 잘 된다). 이런 배경을 이해하지 못하면 덴푸라를 먹고 생

각보다 바삭하지 않아서 아쉽다는 오해를 하기 쉽다. 덴푸라는 원래 그런 음식이거늘.

반면 돈까스는 어떠한가. 속 재료를 감싸고자 튀김옷을 입히는 점은 같지만, 덴푸라에 비해 바삭함을 강조한다. 그래서 덴푸라에는 쓰지 않는 빵가루를 튀김옷으로 입힌다.

이러한 빵가루는 크게 건식과 습식으로 나뉜다. 입자가 곱고 마트에서 손쉽게 살 수 있는 시판용 빵가루가 건식, 입자가 크고 더 바삭한 맛을 내는 빵가루가 습식이다. 건식은 식빵을 굽거나 건조한 후에 갈아서 쓰고, 습식은 식빵을 그대로 갈아 쓰기 때문에 이렇게 이름이 붙었다. 하지만 그저 돈까스를 먹는 사람이 볼 때에는 건식과 습식이라는 단어가 직관적이지 않기에 나는 주로 입자가 크고 거친 빵가루와 입자가 작고 고운 빵가루라고 분류한다.

돈까스 가게들마다 각별하게 신경 쓰는 요소가 있는데, 튀김옷의 바삭함을 최대한으로 끌어내고 싶어 하는 가게들은 아무래도 빵가루에 신경 쓰기 마련이다. 당연히 시판용 빵가루로는 만족하지 못하고 직접 빵을 갈아서 빵가루를 만드는 가게도 있다. 이 중에는 심지어 빵가루를 만들기 위한 빵조차 자가로 굽는 가게가 있다. 여기서 소개하고 싶은 가게가 만족스러운 빵가루를 얻기 위해 빵부터 굽는 장인 정신을 보여주는 가게, '가츠오'다.

서울 서초구 교대역 근처에 있는 가츠오는 특히 점심시간 주변 직장인들에게 인기가 높은 곳이다. 점심 영업 개시 시간에 조금만 늦어도 한 바퀴 회전할 때까지 기다려야 하기 때문에 점심에 갈 때에는 시간대를 잘 계산해서 가야 한다.

메뉴판을 살펴보면 어떤 메뉴를 주문해야 할지 직감적으로 알 수 있다. 안심과 등심이 번갈아가며 있지만, 홀로 안심만 있는 메뉴, 바로 '쿠로고마 안심 흑가츠'가 가츠오의 시그니처 메뉴다.

흔히 잘 튀긴 돈까스라 하면 갈색 튀김옷이 떠오르는데, 가츠오의 쿠로고마 안심 흑가츠는 짙은 고동색에 가까운, 조금은 칙칙한 빛깔을 띤다. 쿠로(黑)는 '검다'는 뜻이고 고마(胡麻)는 '깨'를 말하는데, 설명처럼 검은깨 빵가루로 튀겨 고소한 맛을 끌어낸 게 일품이다. 그런데 왜 이 메뉴는 안심만 썼을까? 앞서 '최강금 돈까스'에서도 등심과 안심에 따라 들기름을 곁들이는 방법을 달리 했는데, 비슷한 이유가 아닐까 싶다.

등심은 안심에 비해 기름기가 많고 고소한 맛이 특징이기 때문에 여기에 또 다른 고소함이 끼어들어 자기주장을 펼치면 비슷한 종류의 맛끼리 충돌하여 말 그대로 과유불급이 되는 게 아닐까? 여하튼 쿠로고마 안심 흑가츠는 직접 빵부터 구워 빵가루를 만드는 가게에서만 시도할 수 있는, 남들이 쉽게 따라 할 수 없는 가츠오의 히든카드로 손색없는 돈까스다.

반찬 구성도 남다른 티가 난다. 우리나라에서는 궁채나 줄기상추라는 이름으로 불리는 야마구라게 무침이 나온다. 오도독거리는 식감이 인상적이어서 먹는 재미가 있는데, 그래서인지 자주 접할 수 있는 짠지나 김치에 비해 확실히 존재감을 뽐낸다. 물론 돈까스에 곁들이기에도 나쁘지 않다. 청양 핫소스는 유즈코쇼(청유자 껍질, 매운 고추, 소금을 넣어 만든 일본의 조미료)를 한국식으로 재해석한 느낌이 나는 소스로, 청양 고추가 들어간 만큼 유즈코쇼보다 더 맵다. 흑가츠의 고소하고 기름진 맛 때문에 슬슬 질릴 때쯤 곁들여 먹으면 입안이 개운해진다. 고시히카리로 지었다는 밥과 함께 나오는 장국까지 빠질 것 없는 훌륭한 한 상이다.

흑가츠라는 '나무'에 집중한 나머지 '숲'을 보지 못했는데, 가게 이름 가츠오(외래어 표기법에 따르면 '가쓰오')는 '가다랑어'라는 뜻도 되니 어쩌면 숨겨진 의도가 있을지도 모르겠다. 주로 육수를 내거나 다코야키나 오코노미야키 등 요리 위에 뿌려 감칠맛을 더해주는 가다랑어는 비록 요리의 주역은 아니지만 결코 빠져서는 안 될 중요한 재료 중 하나다. 역시나 주재료는 아니지만 이 가게만의 독특한 개성과 풍미를 더하는 데에 일조한 가츠오의 빵가루 또한 이 집 돈까스에서 '가다랑어'와 같은 존재다. 푸른 물살을 힘차게 가르는 가다랑어처럼 가츠오의 돈까스도 널리널리 뻗어가기를!

■ **가츠오**(본점)

주소	서울 서초구 서초중앙로20길 2
전화번호	0507-1312-5154
영업시간	11:30~20:00 / 브레이크타임 14:00~17:00
휴무일	연중무휴
가격	쿠로고마 안심 흑가츠 16,000원

날이면 날마다
오는 것이 아닙니다

Spot 옥동식
Menu 돈까스

외식이라 하면 곧 중국집이던 시절이 있었다. 온 가족이 중국집에 가면 짜장면, 짬뽕은 기본이고 이따금 탕수육이나 깐풍기 같은 요리도 먹을 수 있었다. 그 시절 탕수육은 정말 맛있었던 기억이 난다. 단순히 어린 마음에, 또 먹거리 선택지가 지금만큼 풍부하지 않았기 때문이었을까?

모르긴 몰라도, 그 시절 탕수육이 지금보다 맛있었던 이유 중 한 가지는 확실히 근거를 댈 수 있다. 바로 기름이다. 흔히 돈지(豚脂)라 부르는 라드(lard)가 주역이던 시절의 탕수육은 지금과는 차원이 다른 맛을 냈다. 고소하고 깊은 맛을 내는 라드. 그 많던 라드는 어디로 사라졌을까?

1980년대 말, 라면을 둘러싸고 우지(牛脂) 파동이 일어났다. 지금에 와 보면 참으로 어이없는 사건이다. 식물성 기름인 쇼트닝보다 훨씬 고급인 소기름이 공업용이라며 마치 무척 몸에 나쁜 기름인 양 마녀사냥을 당했다. 이후 동물성 기름은 점차 인식이 나빠졌고, 여러모로 식물성 기름보다 관리하기 까다롭던 라드도 점차 사라졌다. 그렇게 훌륭한 맛 한 가지를 잃게 되었다.

라드가 종적을 감춰 아쉬운 음식이 또 있다. 돈까스다. 중국집에서는 최근에 다시 라드를 쓰는 가게도 종종 있지만 돈까스를 라드에 튀기는 가게는 우리나라에서는 거의 찾아보기 어렵다. 라드는 특유의 향이 있어 라드로 튀긴 돈까스는 냄새만 맡아도 바로 알 수 있는데, 돈까스집 수백 곳을 다녀봤지만 아직까지 라드로 튀긴 돈까스는 만나지 못했다.

일본에서는 라드를 쓰는 가게가 꽤 있다. 요즘 소위 잘 나간다는 일본의 유명 돈까스 가게에서 쓰는 기름은 크게 동물성인 라드와 식물성인 옥수수기름과 참깨기름 조합 두 가지로 나눌 수 있다. 먼저, '하얀 돈까스'로 유명한 '나리쿠라(成蔵)'와 커틀릿의 선구자 '폰타혼케(ぽん多本家)'에서는 라드를 쓴다. 특히 폰타혼케는 라드를 직접 만들어 쓰는데, 등심을 손질할 때 나온 비계를 끓여서 만든다. 이렇게 만든 라드는 돈까스에 고소한 향과 감칠맛을 더해주는 특징이 있다.

한편, 오늘날의 일본식 돈까스 조리법을 확립한 것으로 알려진 '폰치켄(ポンチ軒)'과 세련된 업장 분위기로도 유명한

'가쓰요시(かつ好)'는 옥수수기름과 참깨기름을 섞어 쓴다. 식물성 기름은 동물성인 라드에 비해 깔끔하고 가벼운 느낌을 주는데, 바탕이 되는 옥수수기름에 참깨기름을 더해 향을 보완하는 방식이다. 일본의 참깨기름은 우리나라 참기름처럼 볶아서 기름을 짜지 않기 때문에 향이 엄청 강하지 않다.

　우리나라에서도 요즘에는 두 종류 이상의 기름을 배합하여 쓰는 가게가 있다고 하지만, 기름 자체로 주목할 만한 곳은 특별히 눈에 띄지 않는다. 게다가 라드를 쓰는 가게는 없다고 해도 무방하니 결국 입맛만 다시고 일본에나 가야 라드로 튀긴 돈까스를 맛볼 수 있는 것일까? 예상도 못한 곳에 답이 있었다. 그런데 돈까스집이 아니다. 바로 국밥집 '옥동식'이다.

　수년 전 독특한 돼지국밥을 선보이며 혜성처럼 나타난 옥동식은 국밥 좀 먹는다는 사람이라면 한 번쯤 이름을 들어봤을 가게다. 이곳에서 뜬금없이 돈까스를 튀기다니 무슨 이유에서일까? 연유는 이러하다. 돼지국밥을 만들 때 돼지를 손질한 뒤 지방육이 어느 정도 모이면 그것으로 직접 라드를 만들고 그때마다 돈까스를 튀긴다는 것.

　옥동식의 국밥은 기존 돼지국밥과 달리 깔끔하고 맑은 국물이 특징인데, 이런 옥동식에서 남은 지방육으로 라드를 만들어 돈까스를 튀긴다니! 국밥을 만드는 셰프가 평소에 정제

된 국물을 다루며 아쉬워하던 기름짐을 돈까스로 발산하며 일종의 배덕감을 느끼는 것은 아닐지 멋대로 짐작해본다.

아쉽게도 옥동식의 돈까스는 먹고 싶다고 먹을 수 있는 게 아니다. 돈까스 이벤트는 비정기적으로 몇 달에 한 번, 그것도 주로 평일에 열기 때문이다. 그야말로 날이면 날마다 오는 돈까스가 아닌 것이다. 그동안 알고도 갈 수 없는 안타까운 상황이 많았는데, 공교롭게도 일찍 일이 끝나는 날 마침 옥동식에서 돈까스를 튀긴다 하여 부리나케 달려갔다. 영광스러운 1번, 가게 오픈도 전에 줄 서 있다가 가장 먼저 입장하는 쾌거도 오랜만이다.

일본에서 흔히 상등심이라 하면 덧살인 가브리살이 붙은 부위를 일컫는데, 옥동식에서는 등심 덧살은 분리해서 따로 튀기고 돈까스는 등심만으로 만든다고 한다. 일본식이 아니라 한국식 돈까스 느낌을 내고 싶어서라는데, 재미있는 발상이다. 이유는 다르지만, 앞서 말한 폰타혼케에서도 덧살을 제거하고 등심만으로 튀겨 안심처럼 부드러운 등심을 낸다. 지방과 살코기가 익는 속도가 다르고, 특히 지방육을 라드에 튀기면 기름이 금방 산화해버리기 때문이라고 한다. 어쩌면 옥동식에서도 미리 맛을 보고는 따로 튀기는 편이 낫다고 판단하지 않았을까 싶다.

널따란 놋쇠 접시에 담겨 나오는 돈까스는 이제껏 본 적 없는 비주얼이다. 아직 젓가락을 들지도 않았는데 고소한 풍미가 정신을 아찔하게 한다. 음식을 즐길 때 으레 미각은 가장 마지막을 장식하기 마련이지만, 특히나 오늘은 후각이 화려하게 선봉을 자처한다. 이것이 라드의 힘인가? 식기를 비롯해 가니시며 곁들이는 국물까지 예사로운 구성이 단 하나도 없다. 묵직한 젓가락으로 조심스레 한 조각 맛을 본다. 지금까지 기록으로 남긴 돈까스만 몇백 가지가 훌쩍 넘는데, 과장을 보태, 이런 향과 맛은 처음이다. 형언할 수 없는 고소함과 부드러움, 감칠맛이 코와 혀를 거의 동시에 자극한다.

최근 트러플오일이 유행하면서 돈까스에도 트러플오일을 뿌려 먹도록 같이 내주는 가게가 몇 곳 있는데, 돈까스에서 원래 느낄 수 있는 육향을 덮어버리기에 그다지 좋아하지 않는다. 그런데 이 라드는 원래부터 한 몸에서 나왔기 때문인지 어색함 없이 자연스레 어우러지며 깊은 풍미를 더한다. 기름 하나 바꿨을 뿐인데 이렇게나 다르다니. 지금까지 돈까스 헛먹어 왔구나 하는 자괴감마저 밀려온다.

폰타혼케의 돈까스처럼 등심이지만 안심처럼 부드러운 육질은 옥동식도 마찬가지다. 밑간이 슴슴한 편이라 소스를 곁들여본다. 소스 또한 처음 보는 형태다. 매시드포테이토라고 하기에는 크림을 섞은 듯 더 부드러운 질감이다. 스웨덴식 미트볼 셰트불라르에 가니시로 자주 등장하는 포테이토 무스 위에 소스를 더했다. 마치 다른 색을 여러 번 겹쳐 칠하는 유화처럼, 돈까스에서 오는 고소함과 부드러움에 층을 입혀 입체적인 감칠맛을 주는 가운데 소스가 방점을 찍는다. 이렇게 먹으니 또 경양식 같기도 하다.

　그런데 의문이 생긴다. 소스는 원래 간을 맞추는 용도는 아니다 보니, 아무래도 슴슴한 맛이 걸린다. 게다가 곁들여 나오는 육수도 결이 같다. 짠맛이 이렇게 약해서는 라드에서 오는 풍부한 기름 맛이 후폭풍처럼 들이쳐 쉬이 질릴 게 뻔하다. 하지만 이 정도로 훌륭한 메뉴를 구성한 셰프가 그리 허술하게 음식을 내지는 않았을 터. 내가 놓치고 있는 게 있을까?

　국밥집은 당연히 국밥이 맛있어야 한다. 그런데 유명한 국밥집에 가보면 비단 국밥만 맛있는 게 아니다. 그렇다, 국밥 맛집이란 곧 김치 맛집이기도 하다. 옥동식 돈까스는 김치와 함께 먹어야 비로소 완성된다.

　왕돈까스나 백반 돈까스는 김치가 어울리지만, 일본식 돈까스와 김치의 궁합은 썩 좋다고 생각하지 않는다. 밑간만 적절히 받쳐준다면 굳이 김치를 먹을 이유도 없고, 한 입 먹는 순간 강한 고춧가루와 마늘 맛에 미각이 지배당하기에 이후로는 제대로 된 맛을 느낄 수 없기 때문이다. 이런 이유로 나름 정통을 표방한다는 일본식 돈까스 가게에서는 아예 김치와 깍두기를 내지 않기도 한다. 일본식 돈까스집인데 김치가 나온다고 하면 체인점 스타일인 가게가 대부분이다. 한식집에서도 김치를 직접 담그지 않고 사다 쓰는 일이 허다한데, 하물며 이런 가게에서 김치가 특별히 맛있을 리는 만무하다. 따라서 일본식 돈까스에 김치를 같이 먹을 때 맛있다는 경험을 하기란 사실상 불가능하다.

그런데 옥동식은 원래 국밥집이 아닌가. 게다가 직접 담근 김치인지 맛도 좋다. 마법처럼 김치가 돈까스에 착 달라붙는다. 왜일까? 삼겹살을 먹다가 불판 위에 그대로 김치를 구워 먹어본 적이 있으리라. 돼지기름에 구운 김치 맛을 떠올려보면 그 맛이 참 별미인지라, 라드로 튀긴 돈까스에 김치가 달라붙듯 어울리는 것도 타당한 이치다. 밑간이 약간 아쉬운 돈까스도, 같이 나온 슴슴한 국물도 김치를 곁들이는 순간 넘치는 활력을 얻는다.

기분 좋게 든든한 한 끼를 먹고 나서 가게 이름을 곱씹어본다. 옥동식은 본디 셰프 본인의 이름이기도 하지만, 가게 이름은 屋同食으로 한자를 달리 쓴다. '같은 음식을 먹는 식당'이라. 그래서일까? 평소에 판매하는 돼지곰탕과 특별 메뉴 돈까스는 전혀 다른 음식이건만 왠지 비슷한 느낌이 든다. 국밥처럼 든든하면서 푸근한 기분이 드는 행복한 식사였달까? 날이면 날마다 오는 돈까스가 아니다. 기회가 있을 때 주저하지 말고 잡기를.

■ 옥동식(본점)

주소	서울 마포구 양화로7길 44-10
전화번호	010-5571-9915
영업시간	월~금요일 11:00~22:00 / 브레이크타임 15:00~17:00 토·일요일 11:00~21:00 / 토·일요일은 브레이크타임 없음.
휴무일	연중무휴
가격	돼지곰탕(보통) 10,000원 / 돈까스 14,000원 돈까스 이벤트는 비정기적으로 열리므로 옥동식 인스타그램(@okdongsik)에서 수시로 확인

연어 전문점 '보편적 연어'
사장님과의 돈까스 대담

한때 서울에서 가장 훌륭한 돈까스를 선보였던 '보편적 연어'. 연어
전문점에서 이렇게 훌륭한 돈까스를 낼 수 있는지 방문할 때마다 감
탄했던 기억이 있다. 서울대입구역 부근에서 '돈까스도 맛있는 연어
전문점'으로 입소문을 탄 보편적 연어는 아쉽게도 2020년 영업을
종료했다. 오랜만에 보편적 연어 사장님을 만나 돈까스를 주제로 인
터뷰를 진행했다. 가게를 운영하실 때에는 차마 묻지 못했던 질문을
가감 없이 던져보았다.

안녕하세요, 사장님. 오랜만에 뵙네요. 지금은 가게를 하지 않으시니
까 아무래도 좀 더 편하게 이야기할 수 있지 않을까 해서 인터뷰 요청
을 드렸는데, 응해주셔서 감사합니다.

안녕하세요, 저 또한 오랜만에 뵙게 되어 반갑습니다. 네, 맞
아요…. 제가 가게를 계속 운영하고 있었다면 아마도 거절했
을 것 같네요(웃음).

가게 이름이 '보편적 연어'였잖아요? 연어 전문점에서 돈까스를 같이 한다는 발상이 신선했는데요. 심지어 맛있기까지 하고요. 특별히 돈까스를 같이 하신 계기가 있을까요?

주메뉴가 연어이다 보니 조금 독특하게 느껴질 수도 있지만, 기본적으로는 순댓국밥집이나 감자탕집에서 돈까스를 파는 것과 같은 맥락입니다. 처음 가게를 시작할 때 주고객층으로 아이를 동반한 보호자를 상정했어요. 의아하게 생각하실 수도 있지만, 저는 연어를 별로 즐겨 먹지 않거든요. 사실 가게를 하기 전에는 거의 먹지 않는 음식이었어요.

충분히 그럴 수 있죠. 개인 취향과 사업 아이템은 다르니까요. 저도 예전에 친구와 함께 소고기 화로구이 전문점을 잠깐 운영하기도 했는데, 막상 사장인 제 친구는 소고기보다 돼지고기를 훨씬 더 좋아하는 사람이거든요. 사장님 말씀이 이해가 갑니다.

네, 여하간 연어를 먹지 않는 손님들, 특히 주고객층 중 하나인 어린이 손님을 위해 돈까스를 준비했는데, 그게 생각보다 호평을 받았던 것 같습니다. 나중에는 근처에 있는 대학생, 대학원생이 오히려 더 많이 오셨어요.

돈까스가 가진 매력이 있다면 어떤 점이 있을까요?

저는 돈까스가 한국인이 쉽게 접할 수 있는 한 끼 식사 중 가장 영양 균형이 잘 잡힌 음식이라고 생각합니다. 같은 돼지고기 부위 중에서 한국인이 가장 사랑하는 삼겹살을 예로 들어보면, 요즘 삼겹살 1인분에 15,000원 정도 하죠? 쌈채소는 보통 같이 주니까, 밥과 찌개까지 곁들여서 먹으면 16,000원 이상은 내야 한 끼가 됩니다. 그런데 고기도 직접 구워야 하죠, 또 삼겹살은 기름이 많은 부위라 영양도 그저 그렇지만 구우면서 수분과 기름이 많이 줄어들어 실제로 입에 들어가는 양은 생각보다 많지 않거든요. 이에 비해 돈까스는 등심으로 만든다고 쳤을 때 삼겹살보다 지방이 적고 단백질과 섬유질은 높습니다. 손실되는 양도 적을뿐더러 손님이 직접 조리할 필요도 없죠. 물론 튀김이니 기름이 많다 생각하실 수 있지만, 고기가 두껍고 그에 비해 튀김옷이 얇은 일본식 돈까스를 기준으로 보면 삼겹살에 비해 그렇게 기름진 음식도 아니거든요. 여기에 밥, 국, 샐러드를 곁들여 10,000원 안팎이니 이상적인 한 끼 식사라고 생각합니다. 저는 이게 돈까스가 가진 가장 큰 매력이라고 봐요.

아, 그래서 돈까스도 한국식보다는 일본식으로 만들어 파셨던 건가요?

네, 일단 저는 고기를 두드려서 얇게 펴는 기술이 없어요(웃음). 또 무엇보다 음식에서 수분감을 중요하게 생각하는데요. 아무래도 고기가 어느 정도 수분을 머금고 있으려면 고기가 너무 얇아서는 안 되니까 일본식 돈까스를 만들게 되었네요.

돈까스를 만들 때 특히 신경 쓰는 점이 있으신가요?
저는 고기를 손질할 때 연육(고기를 부드럽고 연하게 만드는 과정)을 하지 않아요. 힘줄을 끊거나 연육기에 넣거나 연육제를 쓰는 등 연육을 하는 여러 방법이 있는데, 저는 등심은 특히 씹는 맛이 좀 있는 게 좋다고 보거든요. 그리고 고기가 연하지 않은 건 연육 작업보다는 조리법에 더 크게 좌우된다고 생각합니다. 닭을 예로 들면, 가슴살과 다리살은 성질이 전혀 다른데요. 이걸 통째로 삶거나 튀긴다고 하면, 다리살이 잘 익을 정도일 때 가슴살은 이미 가진 수분을 다 잃고 조직만 남아 뻣뻣해집니다. 왜, 고깃집에서도 종종 그렇잖아요. 비싼 고기 주문해서 불판 위에 올려놓고 이야기 마냥 하다 보면 숯덩이가 되어버리죠. 물론 부위 자체나 손질 방법도 중요하지만 그보다는 어떻게 조리를 하느냐에 따라 음식 상태가 크게 바뀐다고 생각합니다.

아까 말씀하신 수분감을 중시하는 것도 비슷한 맥락일까요?
네, 제가 작가님 의견에 크게 공감하는 것 중에 하나가 "흑돼지든 버크셔든 맛있는 게 맛있다"는 말이거든요. 물론 민감하신 분들이야 아실 수도 있겠지만 크게 보면 손질과 관리가 더 크게 작용한다고 봅니다. 그래서 요즘 일부 가게들에서 유행하는 '숙성'을 저는 그리 좋아하지 않아요. 숙성 과정에서 고기가 부드러워지고 새로운 맛이 드는 반면 원래 가진 고기의 성질과 향, 수분은 그만큼 손실될 수밖에 없거든요. 물론 제가 옳다는 게 아니고, 저는 고기가 가진 원래 특성을 좀 더 살리는 쪽을 좋아한다는 뜻이에요.

돈까스도 결국 튀김이고, 튀김이란 조리법은 원래 다른 조리법으로는 성질이 급격히 변하는 재료를 최대한 손실 없이 맛있게 먹기 위한 방법이니까, 그런 관점에서 재료 본연의 맛을 최대한 이끌어내고 싶다는 뜻으로 이해하면 될까요?

맞습니다. 저는 그래서 돼지 등심을 가장 맛있게 먹을 수 있는 방식이 바로 돈까스라고 생각합니다.

사장님은 고객 수요를 고려해서 연어와 돈까스를 같이 하셨잖아요? 요즘에는 '돼랑이우랑이'처럼 아예 정육점과 돈까스 가게를 같이 한다든가, '옥동식'처럼 국밥집인데 남는 지방으로 라드를 추출해서 거기에 돈까스를 튀겨 판다든가 하는 가게들이 있는데 이런 시도들은 어떻게 보시나요?

아주 좋은 시도라고 봅니다. 전에 작가님 블로그에서 감자탕과 돈까스를 같이 파는 가게를 보고 긍정적인 의미에서 좀 놀랐거든요. 제가 가게를 운영할 때를 돌이켜보면, 질 좋은 돈까스 고기를 일정하게 수급하는 일이 쉽지가 않았어요. 우리나라에서 가장 인기 있는 부위는 단연 삼겹살이니 최대한 삼겹살에 많은 살을 붙여서 정육을 하고, 또 요즘에는 등갈비에도 등심 고기를 많이 뺏깁니다. 돼지 등심을 소화할 만한 요리가 돈까스나 탕수육 정도인데 값도 싸다 보니 홀대를 받아요. 그러다 보니 작은 식당을 운영하면서 마음에 딱 드는 등심을 수급하기가 쉽지 않더라고요. 그래서 제가 아는 분은 아예 삼겹살을 붙인 채로 비싸게 고기를 받아서 쓰곤 했는데요. 그런 점에서 등뼈를 주로 쓰는 감자탕집이라면 아예 등심까지 통째로 사서 감자탕과 돈까스를 같이 하면 더할 나위 없겠다는 생각이 들더라고요. 작가님이 말씀하신 다른 가게들도 결국 비슷할 텐데, 재료를 안정적으로 수급하면서 또 버리는 부위를 최소화하는 운영 방식이니까요. 그러니 직접 돈까스 가게를 운영하며 등심을 소비한다는 건 영리한 선택이지요.

제가 편의상 돈까스라고 계속 말하고 있지만, 사장님 가게에서는 메뉴 이름을 "돼지등심튀김"이라고 하셨잖아요? 흔히 쓰는 돈까스라는 단어 대신에 특별한 이름을 쓰신 이유가 궁금합니다.

저는 돈까스를 제대로 전수받은 적이 없어서 돈까스에 대해 진짜 아는 게 없었어요. 일본식 돈까스에서 로스니 히레니 하는데 그게 무엇인지도 전혀 몰랐고요. 물론 돈까스라는 음식이 무엇인지 모르는 사람이 많지는 않겠지만, 배워서 혹은 경험적으로 아는 게 아니면 이름만 들어서는 어떤 음식인지 모르잖아요? 저는 음식 이름이 직관적이어야 한다고 생각했어요. 설령 음식을 잘 모르더라도 누구나 이름을 들으면 재료가 무엇인지, 어떤 부위를 쓰는지 또 어떤 방식으로 조리를 하는지는 최소한 알 수 있어야 한다고요.

말씀을 듣고 보니 그렇네요. 돈까스는 일본어로 하면 문자 그대로 '돼지 튀김'이니까 어느 정도 직관적인 이름인데, 이게 고유명사처럼 우리나라에 들어와서 정착을 하는 바람에 사실 그 이름만 가지고는 어떤 음식인지 유추할 수가 없죠. 이런 점에서는 돼지등심튀김이라는 이름도 참 좋다는 생각이 듭니다.

네, 그래서 조금 길고 익숙하지는 않지만, 돼지등심튀김이라는 이름을 붙였습니다. 세부 사항까지 완전하게 설명할 수는 없더라도 듣는 순간 대략 어떤 음식이겠구나, 바로 떠올릴 수 있게요.

돈까스에 김치를 같이 내지 않으셨잖아요? 혹시 손님 중에 김치를 따로 찾는 분은 없었나요? 그리고 김치를 내지 않은 이유가 있는지 궁금합니다.

저희 가게 손님 중에는 굳이 김치를 달라는 분은 거의 없었어요. 저는 김치가 돈까스에 어울리지 않는다고 생각해서 내지 않은 건 아니었어요. 제가 김치 자체에 좀 까다로운 편이라 어느 수준 이상이 되지 않으면 만족하지 못하거든요. 그런데 사서 쓰는 김치는 제 성에 차지 않고 그렇다고 직접 담그기에는 일이 너무 커지니까 아예 내지 않았던 거예요. 가끔 어머님이 담근 김치가 있으면 손님들에게 맛보시라고 조금씩 드리기도 했습니다.

저는 일본식 돈까스와 우리나라의 빨간 김치는 잘 어울리지 않는다고 생각하거든요. 아무래도 김치 맛이 너무 강하니까요. 그런 점에서 사장님이 김치 대신 반찬으로 내셨던 다카나가 무척 인상 깊었어요. 당시만 해도 다른 돈까스 가게에서 다카나를 낸 걸 본 적이 없거든요. 다카나를 반찬으로 쓰신 계기가 특별히 있었을까요?

뭐, 특별한 계기가 있었던 건 아니고요. 여하튼 김치 말고 다른 반찬을 뭘 낼까 고민을 했어요. 그런데 오이 피클이나 랏쿄, 산고추 이런 건 싫고…. 그 유명한 모노마트(다양한 나라의 식자재를 판매하는 온오프라인 판매점. 특히 일본 식자재에 특

화되어 있다)에서 이것저것 추천을 받았는데, 그중 제 입맛에
는 다카나가 가장 맞아서 그걸로 정한 거예요.

그게 저는 참 인상 깊었어요. 김치처럼 매운 건 아니면서 살짝 매콤한
맛이 기름진 돈까스의 뒷맛을 씻어주니까요. 일본에서는 종종 다카나
와 비슷한 노자와나(갓의 일종)를 내는 돈까스 가게는 본 적이 있는데
우리나라에서는 처음이었거든요. 그래서 당연히 직접 만드신 반찬인
줄 알았는데…. 역시나 일식집과 이자카야의 희망 모노마트!

　(일동 웃음)

SNS를 보면 종종 사장님 가게를 그리워하는 분들 계세요. 물론 저도
그중 한 명이고요. 예전에 폐업하실 때에도 많은 사람들이 아쉬워했
죠. 혹시 추후에 다시 가게를 하실 계획은 없으신지요?
　　계속해서 마땅한 장소를 탐색하고 있는데 아직 적당한 자리
　　를 못 구했어요. 지난 가게 이후 꽤 오래 쉬었고, 그간 제 나
　　름대로 고민을 많이 했기 때문에 적당한 자리만 잘 구한다면
　　빠르게 다시 시작할 수 있을 것 같습니다. 마음에 드는 자리
　　를 구하게 되면 작가님께도 연락드릴게요.

그럼 한 가지만 여쭤볼게요. 전처럼 메뉴는 연어와 돈까스로 하시나
요?

제가 처음 보편적 연어를 운영할 때만 해도 그 정도 수준의 식당이 그 당시에 존재하면 좋겠다 싶을, 보편적 식당이라고 생각했어요. 하지만 지금은 그때와는 상황이 많이 달라진 것 같아요. 한층 수준 높은 돈까스 가게가 많이 생겼고, 쌀을 비롯한 다른 구성 요소에 힘을 준 식당도 많아졌죠. 저의 가치 기준도 예전과 달라진 것 같아 완전히 새롭게 변화한 메뉴로 구성하고 싶은 바람도 있지만, 주변의 기대도 있고 또 현실적으로 이미 일정한 성과를 얻었던 모델을 두고 다른 모델을 시도하는 것이 만만하지도 않아서 아직 뭐라 말씀을 못 드리겠습니다. 아마도 그건 어떤 장소에서, 어떠한 자원을 가지고 시작하느냐에 따라 달라질 것 같아요.

그러시군요. 오늘 귀한 시간 내주셔서 감사합니다. 앞으로 하시는 일 번창하시길 바라고 새로운 가게에서 또 뵐 수 있으면 좋겠습니다. 감사합니다.

파동 숙성육의
진가

Spot   카와카츠
Menu   카와 로스카츠

최근 영국의 유명한 셰프의 이름을 내건 버거 가게가 서울에서 문을 열었다. 스타 셰프이자 방송인으로도 널리 이름을 알린 사람이므로 그의 이름을 딴 레스토랑이 이목을 끄는 것은 당연한 일이었다. 그런데 특히 화제가 된 점은 단순히 그가 세계적인 스타 셰프라서가 아니었다. 메뉴 중 가격이 무려 14만 원인 버거가 있었기 때문이다. 파인 다이닝을 비롯해 요 몇 년 사이에 크게 늘어난 '맡김 차림' 즉 '오마카세' 가게 덕에 한 끼에 수십만 원 하는 식사 자체가 그리 놀라울 만한 것은 아니지만, 문제는 메뉴가 버거라는 점이었다. 프랜차이즈가 아닌 수제 버거라 하더라도 비싸야 대개 10,000원대에서 먹을 수 있는 음식이 무려 14만 원이나 하다니, 과연 어떤 버거를 내길래 저렇게 가격이 비쌀까? 나 또한 너무나도 궁금하여 호시탐탐 가볼 기회를 엿보고 있었는데, 미리 다녀온 많은 사람들이 그다지 좋은

평을 내리지 않아 방문하기를 단념했다. 그래, 아무리 그래봤자 버거가 버거지.

그러고 보니 내가 가장 비싼 돈까스를 먹은 곳은 일본 도쿄였다. 전통의 강호인 마이센에서 먹은 5,000엔짜리 돈까스가 인생에서 가장 비싼 돈까스였다. 당연히 끝내주게 맛있었지만 그 역시 가격에 부합한 맛이었냐고 물으면 그 정도까지는 아니었다. 그런데 무슨 돈까스가 이렇게 비싼 걸까? 찬찬히 살펴보면 음식 외적 요인인 식사 환경이나 접객이 흠잡을 데 없이 훌륭했고, 세트 구성과 디저트로 나오는 과일까지 모자란 구석이 전혀 없었다. 하지만 그중에서도 가게 측에서 가장 강조하는 점은 바로 차별화된 고기였다.

내가 먹은 돈까스에 쓴 고기는 '달콤한 유혹'이라는 이름의 마이센 자가 브랜드였다. 영국 품종인 중요크셔를 개량한 품종이며 섬세한 맛을 내는 지방과 부드러운 육질에 고소한 맛이 특징이라고 한다. 한국에서 돈까스를 먹으면 대개 등심이나 안심처럼 부위 정도만 알 수 있거나 기껏해야 흑돼지라며 차별점을 부각하는 정도에 그칠 때가 많은데, 마이센에서는 가게가 직접 사육하는 고기의 브랜드와 품종까지 자세히 설명해주니 신선한 충격으로 다가왔다.

심지어 마이센에서는 모든 돈까스를 한 가지 브랜드로

만드는 것도 아니다. 달콤한 유혹 외에 버크셔 품종인 흑돼지와 또 다른 한 종까지 총 세 가지 다른 고기를 쓰고 있었다. 게다가 브랜드마다 품종과 특징은 물론, 어떠한 사료를 먹여 무슨 효과를 나타내는지 상세하게 알려주었다. 그저 맛있다 한마디로 끝낼 수 있는 게 아니구나, 이 정도는 신경 써야 과연 돈까스의 종주국이라 할 만하구나 생각이 들었다.

이렇게 다양한 품종이 돈까스 고기로 쓰인다는 사실을 알고 나니 다른 돈까스 가게에 가서도 어떤 고기를 썼는지 눈여겨보게 되었다. 또 다른 가게에서는 브랜드 이름부터 독특한 '도쿄 X'라는 고기를 사용했다. X는 글자 모양처럼 엇갈린다는 의미에서 품종간 교배를 뜻하는 동시에, 아직 알려지지 않은 미지의 존재라는 의미를 담고 있었다. 도쿄 X는 베이징 흑돼지와 영국의 버크셔 그리고 미국의 듀록 이렇게 세 가지 품종을 섞어 만든 브랜드로, 육질이 붉고 지방육이 더 두꺼운 특징을 지녔다. 사료에서도 차별점을 두어 유전자 변형을 하지 않은 옥수수만을 먹여 키운다고 한다.

무엇이든 알면 알수록 더 재미있는 법인데 음식의 맛 자체를 즐기는 것은 물론, 재료의 특징까지 상세히 알게 되니 훨씬 즐겁고 풍요로운 식사가 되었던 기억이 있다.

한편 요즘 우리나라에서는 '버크셔 K'를 쓰는 가게들이 종종 보인다. 버크셔를 개량한 것으로 K는 Korea에서 따온 글자다. 영국 품종인 버크셔는 토종 흑돼지처럼 전신은 검은데 코와 네 다리, 꼬리 이렇게 여섯 부위는 흰색이라 육백(六白)이라는 별칭으로도 불린다. 버크셔 K 역시 도쿄 X처럼 육질이 붉고 지방층이 두터운 특징을 지니기 때문에 돈까스에 적합하며, 이를 적극적으로 마케팅 차별점으로 삼는 가게도 있다.

그런데 나는 예전부터 "검은 돼지든 흰 돼지든 맛만 잡으면 된다"는 '흑돈백돈론'을 주장해왔다. 고기 자체도 물론 중요하겠지만 결국 맛을 크게 좌우하는 요소는 조리법이기 때문이다. 그래서 품종이 이렇네 숙성이 저렇네 이야기를 들어도 결국 맛이 있으면 맛있고, 맛이 없으면 맛없다는 단순한 결론을 따르곤 했다. 흑돼지가 그렇게 맛있다면 흑돼지로 만든 돈까스는 무조건 최고여야 하는데, 과연 그럴 리가 있겠는가? 솔직히, 앞서 말한 도쿄의 유명 돈까스 가게들에서도 공들여 브랜딩을 하고 친절하게 설명해주는 마케팅이 훌륭하다고 느꼈을 뿐, 고기가 여타의 것과 확연히 달라 맛이 더 좋은지 실제로는 느끼기 어려웠다. 따라서 고기의 품질이나 손질 방법에 주목했지, 품종과 숙성 방법으로 차별화를 꾀하는 가게에는 시큰 둥했다. '카와카츠'에서 돈까스를 먹기 전까지는 말이다.

서울 마포구에 있는 카와카츠는 독특한 고기가 차별점

이 되는 대표적인 가게다(본점과 합정점, 서교동에만 이렇게 두 곳이 있다). 이곳에서는 숙성 고기를 내세우는데, 이름하여 '파동 숙성육'이다. 먼저 파동 숙성을 이야기하려면 숙성 방식의 차이를 짚고 넘어가야 한다. 드라이 에이징(dry aging)이라는 말을 들어본 적이 있으리라. 고급 스테이크 하우스에서 고기를 숙성시키는 방법 중 하나로, 일정한 온도와 습도가 유지되는 장소에서 고기를 공기 중에 노출시켜 숙성하는 방식을 말한다. 문자 그대로 건식 숙성인데, 고기에서 수분이 증발해 치즈처럼 독특한 풍미가 더해지고, 천연 효소가 단백질을 분해하면서 고기가 부드러워진다. 하지만 그만큼 시간과 공을 들여야 하며 공기에 닿는 겉 부분이 마르고 산패하기 때문에 상당량을 잘라 버려야 하는 만큼 일반 고기보다 비싸다.

반면 드라이 에이징과 대비되는 숙성 방식이 웨트 에이징(wet aging)이다. 공기 중에 노출시키는 드라이 에이징과 달리 진공 포장하여 습식으로 숙성하기 때문에 이런 이름이 붙었다. 일반적으로 숙성이라 했을 때 웨트 에이징을 뜻한다. 마지막으로 카와카츠에서 내세우는 파동 숙성이란 웨트 에이징의 한 종류인 워터 에이징(water aging)을 뜻하는데, 고기를 진공 포장하여 수조 안에 두고 숙성하는 방식이다. 이곳에서는 열흘 숙성시킨 고기로 돈까스를 만든다고 하니, 최소 열흘치 고기를 숙성할 공간과 장비를 보유하고 있어야 한다. 이것만으로도 보통 노력이 필요한 게 아니다.

그럼 파동 숙성육으로 만든 돈까스는 어떤 맛일까? 전체적으로 핑크빛이 도는 단면이 무척 먹음직스러운 돈까스를 한 입 깨무는 순간 바로 깨닫는다. 아, 이건 다르구나! 일단 육질 자체가 완전히 다르다. 가공육인 햄과 고기의 경계선 어딘가에 있는 듯한 맛이랄까? 돼지 뒷다리로 만드는 생햄인 하몬도 장기간 숙성을 거치는데, 비록 숙성 방식과 기간은 다르지만 햄과 비슷한 느낌이 나는 이유는 결국 숙성했기 때문이리라. 웨트 에이징의 장점인 수분 손실을 줄이면서 육질을 부드럽게 하고 향을 응축시킨 결과가 고스란히 느껴지는 맛이다.

튀김 또한 놀랍다. 이 부드러운 고기를 최대로 즐길 수 있도록 튀김옷은 얇게 하되 바삭바삭함은 충분히 유지한다. 설명에 따르면 한 번 튀긴 후에 다시 오븐으로 저온 조리하여 완성한다고 한다. 그래서인지 튀김옷 색이 연한 노란빛에 가깝다. 도쿄의 '하얀 돈까스집' 나리쿠라 역시 110도에서 130도 사이의 저온으로 튀겨내어 튀김옷 색이 연한데, 카와카츠도 같은 원리일 것이다. 다만 저온에서 장시간 튀기는 방식이 아니라 오븐에서 굽는 방식을 택했기에 바삭바삭한 겉면에 비해 고기는 촉촉함을 머금고 있는 것이리라.

소금부터 시작해서 와사비를 거쳐 소스에 이르기까지 각기 다른 방식으로 한 조각 한 조각 즐기다 보면 어느새 식사가 끝난다. 손님에게 내기 직전에 통후추를 갈아서 뿌려주는 세심함, 먹는 방법을 자세히 설명해둔 지침서 등 접객과 안내에서도 전혀 모자란 구석 없이 깔끔하다. 음식의 질은 말할 것도 없고 다른 데서 쉽게 찾아볼 수 없는 남다른 개성까지 갖췄으니, 이런 가게야말로 '유니크 앤드 베스트'라는 표현이 제격이다.

옛말에 "고기도 먹어본 사람이 많이 먹는다"고 했다. 똑같은 고기일지라도 먹어본 사람이 더 잘 알고 많이 먹을 수 있을 텐데, 하물며 완전히 다른 고기를 먹어본 사람은 어떻겠는가? 카와카츠의 파동 숙성육을 먹어보지 않은 자, 결코 돈까스를 논하지 말지어다.

■ 카와카츠(본점)

주소	서울 마포구 동교로 126
전화번호	070-8801-2053
영업시간	11:30~20:00 / 브레이크타임 15:00~17:00
휴무일	일요일
가격	카와 로스카츠 14,000원

카와카츠

프라하의
맛

Spot 더 보헤미아
Menu 슈니첼

얼마 전 인터넷에서 흥미로운 글을 읽었다. 한국식 돈까스는 '돈까스'라는 이름으로 미뤄볼 때 일본을 거쳐 들어온 듯한데, 그 형태로만 따져보면 고기가 두툼한 일본식 돈까스보다는 오히려 원류인 슈니첼과 더 비슷한 형태를 띠니 사실은 일본과는 별 관계가 없지 않느냐는 내용이었다. 현재 상황만 놓고 본다면 일리 있는 의문이지만, 일본에 처음 커틀릿이 들어와 돈까스로 발전한 지도 벌써 100년이 훌쩍 넘었고 그동안 꾸준히 변화해왔기에 지금의 일본식 돈까스가 슈니첼이나 커틀릿과 형태가 많이 다르다고 하여 관련이 없는 것은 아니라는 게 내 의견이다.

　일본에서 돈까스 원조로 알려진 도쿄 긴자의 레스토랑 렌가테이의 메뉴를 보면, 흔히 일본식이라 생각하는 돈까스보다는 오히려 한국식에 가까운 이른바 경양식 돈까스 형태를 띠고 있다. 원래 커틀릿이나 슈니첼, 특히 오스트리아에서 먹는 비너슈니첼(Wiener schnitzel)은 송아지고기로 만든다. 마찬가지로 일본에서도 처음에는 소고기로 만들었으나 청일전쟁과 러일전쟁을 거치면서 소고기는 대부분 통조림에 담겨 군용 식량으로 사용되었고, 상대적으로 사육 기간이 짧은 돼지고기를 쓰기 시작하며 돈까스 두께도 점점 두꺼워졌다. 한편 우리나라에서는 고기는 돼지고기로 만들되 넓게 두드려 펴서 튀긴 돈까스로 정착했다. 이러니 현시점에서만 본다면 한국식이 유럽 원조에 보다 가깝다고 생각할 법하다.

물론 돈까스는 우리나라에 들어온 지도 꽤 오랜 시간이 지났기에 이미 커틀릿, 슈니첼과는 확연히 다른 엄연한 한식이다. 그렇다면 '원조'에 가까운 돈까스는 역시 유럽에 직접 가야 맛볼 수 있을까? 시대가 어떤 시대인데 그럴 리가 있겠는가. 오스트리아, 독일, 이탈리아 등 유럽 각국 음식을 전문으로 하는 레스토랑 중에 슈니첼, 커틀릿, 코톨레타(cotoletta. 이탈리아식 돼지고기 튀김) 등을 내는 가게들이 있으므로 비록 '현지 맛' 그대로는 아닐지 몰라도 비슷한 경험은 충분히 할 수 있다. 그중에서 특히 인상 깊은 가게가 있다. 체코식 펍을 표방하는 '더 보헤미아'다.

서울 용산구 삼각지에 있는 더 보헤미아는 입구부터 체

코 국기와 함께 "체코 펍·레스토랑"이라 적어두어 정체성을 확실히 나타낸다. 메뉴판을 보면 체코 전통요리 콜레노(구운 돼지 족발 요리)와 스비치코바(푹 삶은 소고기에 달착지근한 소스와 생크림, 라즈베리잼 등을 얹어 먹는 요리)를 비롯하여 체코뿐 아니라 헝가리에서도 먹는 스튜인 굴라시가 있고, 필스너 우르켈과 코젤 등 체코 하면 빼놓을 수 없는 맥주도 맛볼 수 있다. 일단 쌉쌀한 흑맥주가 당겨 코젤 다크부터 주문했다.

　　맥주를 기다리며 다시 메뉴판을 훑는데, 시선을 사로잡는 메뉴 이름이 하나 있다. 슈니첼이다. 슈니첼은 체코가 아니라 오스트리아의 대표 음식 아니던가. 따지고 보면 사람들의 입맛이란 아주 크게 다르지 않아서 나라가 달라도, 대륙이 달라도 서로 비슷한 음식이 존재한다. 더구나 돼지고기를 튀긴 음식은 상상하기 그리 어렵지 않을 뿐더러 대중적으로 인기 있을 만한 맛이므로, 세계 각지에 비슷한 음식이 존재하고 있다는 사실을 이미 알고 있다. 다만, 내가 궁금했던 건 체코식 돼지고기 튀김도 이름이 슈니첼인가 하는 점이었다. 찾아보니, 체코의 슈니첼은 르지제크(řízek)라고 한다. 콜레노와 스비치코바는 체코어 이름을 그대로 썼는데, 왜 돼지고기 튀김은 슈니첼로 썼을까? 어차피 다른 메뉴 이름도 생소한 마당에 원래의 체코 음식 이름으로 표기하고 메뉴 설명에서 '체코식 슈니첼' 정도로 덧붙였다면 어땠을까 하는 아쉬움이 남는다.

시나몬 가루를 뿌려 달콤쌉쌀한 코젤 다크와 서비스로 받은 러시아식 꿀 케이크 메도비크 한 조각을 맛보며 기다리니 곧 슈니첼이 나왔다. 보자마자 '슈니첼이군!' 하는 생각이 자연스레 떠오르는 외관과 함께 의외로 독특한 구성이 눈에 들어온다. 바로 딸기잼이다.

경양식 돈까스를 먹을 때에도 종종 딸기잼이 함께 나오지만 그건 돈까스에 곁들여 먹으라는 뜻이 아니라, 식사로 빵을 선택했을 때 버터와 함께 빵에 발라 먹으라고 내주는 경우가 대부분이다. 왠지 어색한 가운데 문득, 눈앞의 음식과 전체 구성이 비슷한 음식이 떠오른다! 바로 스웨덴식 미트볼인 셰트불라르다.

셰트불라르는 중심 요리인 미트볼에 감자와 오이, 링곤쉴트(링곤베리잼)를 곁들이는 게 기본 스타일인데, 마침 슈니첼과 감자, 샐러드, 딸기잼을 함께 내주는 체코식 슈니첼의 구성이 겹쳐 보이는 것이다. 한데, 그건 셰트불라르고. 체코는 아니지만, 오스트리아 빈에서 먹었던 슈니첼에는 잼이 나오지 않았는데…. 혹시 몰라 좀 더 찾아보니 가게마다 다르기는 해도 슈니첼에 베리류 잼을 곁들여 먹는 것은 흔한 일이라고 한다. 다만 딸기잼보다는 링곤베리잼이나 라즈베리잼을 내는 게 일반적이라고. 아마도 이런 잼들은 우리나라에서는 수급하기 어려울 테니 딸기잼으로 현지화된 것이 아닐까 싶다.

과연 돼지고기 튀김에 딸기잼이 어울릴까? 우리에게 익숙한 돈까스를 떠올려보면 언뜻 상상이 잘 안 갈 수도 있다. 하지만 경험상 셰트블라르를 먹었을 때의 기억을 토대로 생각해보면 의외로 괜찮은 조합이다. 짠맛과 고소한 감칠맛 위주인 중심 요리에 새콤달콤한 베리류 잼을 곁들이니, 단맛과 짠맛이 어우러지고 신맛이 적절한 순간에 여운을 잘라준다. 흔히 생각하는 돈까스가 한식 혹은 일식이고, 식사에 잼을 곁들이는 일이 거의 없기에 익숙하지 않을 뿐 선입견을 가지지 않는다면 충분히 도전할 만한 가치가 있다.

슈니첼은 돼지고기를 두들겨 얇게 펴서 튀기는 음식으로 덩어리는 크고 그리 두껍지 않아야 정석이다. 하지만 더 보헤미아의 슈니첼은 두께가 상당한 편이다. 슈니첼답게 소스는 따로 없지만 짭짤한 밑간이 일품이라서 함께 나온 레몬 조각으로 즙을 짠 후 잼을 곁들어 먹는 것으로 충분하다. 당연한 수순이라고 생각해 별생각 없이 레몬 조각을 짜려다가 불현듯 '가라아게 논쟁'이 떠올라 잠시 멈추고 동행에게 물었다. "레몬 즙 짜도 될까요?"

"뭘 그런 걸 다 물으세요. 당연히 뿌리는 거 아니에요?"

별걸 다 묻는다는 투로 반응이 돌아왔다. 동의를 얻었으니 슈니첼에 레몬 즙을 골고루 뿌린다. 식사로도 훌륭하지만 워낙 밑간이 짭짤하니 안주로도 안성맞춤이다. 앞에서 소개한 삼보치킨처럼 한국식 돈까스 중에도 맥주 안주에 특화된 호프집 스타일 돈까스가 있지만, 아무래도 맥주는 유럽이 본고장이어서인지 슈니첼이 더 잘 맞는달까? 코젤 다크의 깊은 풍미와도, 필스너 우르켈의 깔끔한 맛에도 두루 어울린다. 술을 그리 즐기지 않는 사람인데도 맥주가 꿀떡꿀떡 넘어가니, 간장게장이 '밥도둑'이라면 이 슈니첼은 '술도둑'이라 칭하기에 부족함이 없다.

먹다 보면, 돈까스에 익숙한 사람들에게는 국물이 없다는 점이 아쉬울 수 있는데, 혼자라면 양이 많아 어렵겠지만 일행이 있다면 굴라시를 같이 주문하자. 흰 빵 몇 덩이가 풍덩 담겨 나오는 굴라시는 살짝 새콤달콤한 맛이 도는 매콤한 맛이 튀긴 고기와 썩 잘 어울린다.

마침 계절은 한겨울. 북유럽에 뒤지지 않는 서울의 추위 속에서 따뜻한 펍에 앉아, 구수한 슈니첼과 걸쭉한 굴라시를 벗 삼아 향긋한 흑맥주를 홀짝이고 있자니 모든 근심이 사르르 녹는 기분이다. 그리고 이 겨울이 지나면 가본 적도 없는 프라하의 봄이 눈앞에 펼쳐질 것만 같은 착각마저 불러일으킨다.

그깟 돼지고기 튀김이 뭐라고. 하지만 대수롭지 않으면서도 또 너무나도 특별하다는 점이 바로 돈까스와 슈니첼의 본질이 아 닐까.

■ 더 보헤미아

주소	서울 용산구 한강대로62나길 2, 2층
전화번호	0507-1355-2154
영업시간	17:30~24:00
휴무일	일요일
가격	슈니첼 13,000원

바다 건너
제주에서 왔습니다

Spot   오제제
Menu   안심 돈가츠

가게에 직접 가보지 않고도 인터넷과 SNS를 통해 충분히 사전 지식을 접할 수 있는 요즘에는 어떤 식당에 방문하기로 마음먹는 순간부터 먹기 전까지 수많은 요소가 '맛'을 결정한다.

사람들이 올린 방문 후기와 사진을 보며 맛있는 상상을 떠올리면 이제 막 맛집 여행이 시작된다. 예약이 되는 식당이라면 인터넷이나 앱으로 예약이 되는지 혹은 전화로 직원과 통화를 해야 하는지, 통화를 한다면 연결이 쉬운 편인지, 직원은 친절하며 충분한 설명을 하는지 등을 살핀다. 이 과정에서 이미 가게의 첫인상이 결정된다. 그다음에는 대중교통으로 가기 쉬운지, 차를 가져간다면 주차장이 있거나 발레파킹이 되는지, 또 평소 대기 손님이 얼마나 있는지, 대기는 현장에서 시작하는지 혹은 앱으로 먼저 기다릴 수 있는지를 따진다. 마침내 가게에 들어서면 직원의 응대와 테이블 및 의자의 편안한 정도,

내부 인테리어와 풍겨오는 냄새, 음악과 소음의 조화 등 하나 하나가 오감을 자극한다. 이 모든 여정을 다 거치고 나서야 비로소 음식 맛을 볼 수 있다. 설령 혼자 가더라도 이처럼 수많은 외부 상황에 둘러싸이는데 하물며 가족이나 친구, 연인과 함께 간다면 어떻겠는가? 함께 시간을 보내며 나눈 이야기와 생각이 온전히 '외식'이라는 경험에 포함된다. 단순히 음식이 주는 만족감만이 즐거운 외식을 만들지는 못한다는 말이다.

이러한 시대적 흐름에서 반대급부로 태어난 가게가 이른바 '인스타용 맛집'이다. 음식만으로는 만족감을 주지 못한다는 사실에 천착한 나머지, 외부 요인에만 집중하고 정작 음식 완성도에는 크게 연연하지 않는 가게를 일컫는 말이다. 사진만으로는 맛을 알 수 없으니 화려하고 특이한 음식 모양 혹은 독특한 인테리어로 이목을 끌어 화제가 되지만 내실이 없으므로 오래가기는 어렵다. 결국에는 자연스레 총체적 경험을 중시하고 묵묵히 쌓아올리는 가게가 성공하기 마련이다.

돈까스로 놓고 보자면, 요 몇 년 사이 음식 자체의 완성도는 눈에 띄게 좋아졌다. 조금 과장해서 말하면 적당히 아무런 가게에 가서 돈까스를 먹더라도 크게 실패하는 일은 잘 없다. 이처럼 전체적으로 상향평준화를 이루다 보니 완성도는 그대로 유지하면서 오직 그 집에서만 볼 수 있는 독특한 형식으로 차별화를 꾀하거나, 아예 돈까스 너머의 가치를 추구하는 가게가 늘어나고 있다. 앞서 소개한 최강금 돈까스가 대표적인 예라 할 수 있는데, 여기 또 샛별처럼 나타난 신흥 강자가 있으니 바로 서울역에 본점을 둔 '오제제'다.

오제제. 이름부터 신선하다. 발음하기 쉽고 한 번 들으면 잘 잊히지 않으면서도 어느 나라 말인지 언뜻 감이 잘 오지 않는달까? 신비하면서도 친근한 느낌이다. 이름에서 반복되는 제(濟)는 제주의 제와 같은 한자를 쓰는데, 제주도 출신 셰프 두 명이 의기투합하여 만든 가게라서 그렇단다.

이곳은 가오픈 때부터 화제가 되어 매일 점심과 저녁을 가리지 않고 대기 줄이 긴 편이라 현장 줄서기와 원격 줄서기로 이원화된 대기 시스템과 입장 전에 미리 메뉴를 주문받는 방식으로 손님들이 기다리는 시간을 최소화했다.

가게 내부는 블랙 톤으로 세련되고 차분한 느낌. 테이블과 그릇 역시 비슷한 색과 질감으로 통일감을 주었다. 특히 테이블 자체가 검정색이라 그대로 써도 될 법한데, 검은 테이블보를 한 번 더 씌운 점이나, 음식점에서 흔히 쓰는 정사각형 칵테일 냅킨이 아니라 좀 더 고급스러운 직사각형 테이블 냅킨을 깔아주는 점에서 여타 돈까스 가게에서는 쉽게 볼 수 없는 세심함이 돋보인다. 카운터석 뒤쪽으로 보이는 선반은 소박한

느낌의 오브제로 장식했다. 일본식 돈까스 가게이다 보니 일본의 미적 관념이랄 수 있는 '와비사비(佗び寂び)'가 대번에 떠오른다. 와비사비란 쓸쓸하고 수수한 정취에서 풍요로움과 만족을 얻는 마음 상태를 일컫는 말인데, 오제제의 분위기는 언뜻 간소하다 싶으면서 와비사비라는 말로는 다 설명되지 않는다. 인테리어의 주조를 이루는 검은색과 가게 외벽을 비롯해 내부의 군데군데 마감된 거친 질감의 장식이 마치 현무암으로 이뤄진 화산섬 제주를 떠오르게 하기 때문은 아닐까 싶다.

　내부를 구경하는 사이 미리 주문한 돈까스가 나왔다. 대표 메뉴인 안심 돈가츠는 불그스름한 단면 때문에 덜 익혔다는 오해를 사기 쉽지만(이는 고기의 근육 세포 속에 있는 미오글로빈 성분이 붉은색을 띠기 때문에 생기는 현상으로 '가쯔야' 편에서도 이야기한 바 있다), 실제로 먹어보면 덜 익은 고기에서 나는 냄새나 물컹거리는 식감을 전혀 느낄 수 없다. 바삭한 튀김과 부드러운 고기, 목을 타고 식도로 흐르는 육즙이 조화를 이루며 즐거운 맛을 선사한다. 도쿄의 돈까스집 마이센에서는 "젓가락으로도 쉽게 자를 수 있는 부드러움"이라는 표현을 쓰는데, 고기가 꽤나 두툼한데도 퍽퍽하지 않은 오제제의 돈까스야말로 젓가락으로도 쉽게 자를 수 있을 만큼 부드럽다.

　튀김옷 색을 보면 보통 돈까스보다 훨씬 밝은 색인데,

도쿄의 나리쿠라처럼 저온에서 튀겼기 때문이리라. 저온 조리
는 바삭하면서도 부드러운 '겉바속촉'을 유지하기에는 좋지만
그만큼 조리 시간이 길어져 가게 쪽에서는 부담이 될 수 있다.
그러므로 입장 전에 미리 주문을 받는 것도 이를 타개하기 위
한 묘책일 것이다.

같이 나오는 와사비와 트러플 소금, 소스는 하나같이
과하지 않으면서 맛에 방점을 찍어주는 임무를 다한다. 특히
맛을 살짝 꼬집는 듯한 트러플 소금, 상큼한 산미가 기름진 뒷
맛을 기분 좋게 끊어주는 소스가 맛있는 식사를 끝까지 책임
진다.

음미하며 먹다가 슬쩍 다른 테이블을 둘러보니, 한 테
이블도 빠짐없이 즐기고 있는 메뉴가 있었다. 뭔가 싶어 유심
히 봤더니 녹색 우동면을 먹고 있는 게 아닌가? 한때는 클로렐
라를 넣어 녹색을 띤 면이 유행했던 시절이 있었는데⋯. 어떤
맛일지 궁금해 메뉴판을 뒤져 다급히 자루우동을 추가로 주문
한다. 얼마 있다가 나온 자루우동은 그야말로 시선을 강탈한
다. 가운데가 푹 파인 나무 그릇에 빙수 얼음처럼 간 얼음을 수
북이 담고 그 위에 면을 올렸는데, 보는 재미와 함께 호기심을
불러일으킨다. 면이 녹색인 이유는 제주산 말차 가루를 함께
넣어 반죽했기 때문이라고 한다. 젓가락으로 한 가닥씩 살살

당겨 다시(다시마·가다랑어포·멸치 등을 끓여 우린 국물)에 살짝 담가 먹으면 고것 참 별미가 아닐 수 없다.

오제제의 인스타그램 계정(@ojeje.seoul)에서는 가게를 이렇게 소개하고 있다.

"제주도에서 바다 건너 꿈을 가지고 올라온 가게. 우동과 소바 그리고 돈가츠. 음식뿐 아니라 매장 내 자리한 모든 것 하나하나 자연에서 모티브를 얻어 단순히 음식을 먹는 것이 아닌 오감 전체가 만족하는 경험을 제공."

가게가 지향하는 바와 실제로 구현된 바가 어긋나지 않고 이토록 잘 맞물릴 수 있을까? 오제제는 자신들을 소개하는 문구에 딱 들어맞는 가게임에 틀림없다. 셰프들의 고향이자 가게의 모티브이며 주재료의 산지가 되는 제주도를 배경으로 처음부터 끝까지 잘 짜인 이야기 한 편이 완성된다. 탄탄한 스토리텔링을 바탕으로 완성도 높은 음식이 중심을 잡으니 오감 전체를 만족시킨다는 그들의 포부가 전혀 허황된 이야기가 아니다. 본점이 문전성시를 이루고 지점이 생길 만큼 화제가 된 이유를 가히 알 만하다.

소설 『나의 라임 오렌지 나무』 속 주인공 꼬마 제제는 가난과 부모의 학대를 꿋꿋하게 이겨나간다. 훗날 "저는 너무 일찍 철이 들었던 것 같습니다"라고 독백을 하는 제제. 어린 나이에 일찍이 철들었던 제제처럼, 가게로서 이미 충분히 '철든' 오제제는 앞으로 어떤 가게가 될까? 성숙에서 더 나아가 완숙미를 뽐내는 가게로 오랫동안 남기를 기원해본다.

■ 오제제(본점)

주소	서울 용산구 한강대로 363-2 1층
전화번호	02-772-3140
영업시간	월~금요일 11:00~21:00 / 브레이크타임 15:30~17:30 토요일 10:30~20:30 / 브레이크타임 15:30~17:30
휴무일	일요일
가격	안심 돈가츠 15,000원 / 자루우동 10,000원

중국집
돈까스

Spot 향미
Menu 중국식 돈까스

메추리알을 못 본 지 꽤 오래다. 그 형태 그대로 먹어본 게 언제인지 기억조차 나지 않는다. 왜 굳이 "그 형태 그대로"라는 말을 덧붙였냐면, 시판용 '계란' 샌드위치 등으로 알게 모르게 메추리알을 자주 먹어왔지만 요즘에는 온전한 알 모양으로 찾아보기는 쉽지 않기 때문이다.

어릴 적에는 메추리알을 좋아했다. 정확히는, 메추리알이 올라간 짜장면을 좋아했다고 말하는 편이 옳다. 별것 아니지만, 간짜장 면 위에 가지런히 올린 채 썬 오이와 메추리알 하나. 그게 그렇게 좋았다. 라면 스프에 들어있는 건조 플레이크, 마트에서 파는 팥빙수 섞인 작은 떡, '수박바'의 녹색 부분처럼 엄청 맛있어서가 아니라 감질나게 조금만 들어 있기 때문에 못내 아쉬운 음식이 있는데, 어쩌면 메추리알도 그에 속하지 않나 싶다. 물론 이 또한 내가 서울에서 나고 자랐기 때문에 성립하는 이야기다. 부산 사람이 서울에서 짜장면을 시켰는데 계란프라이가 아닌 메추리알이 나오는 것을 보고 역시 서울은 인심이 각박하다며 한탄하는 영화 장면을 보기 전까지는 '짜장면에 메추리알'이 만방 공통인 줄 알았다. 하여간 짜장면 한 그릇만 먹어도 신나는 시절이었다.

짜장면은 어렵지 않게 먹을 수 있었지만, 그에 비해 탕수육은 자주 먹을 수 있는 음식은 아니었다. 시험을 잘 봤다거나, 착한 일을 했다거나 뭐가 됐든 어떤 구실이 있어야 먹을 수 있는 음식이었다. 바삭한 고기 튀김에 달콤한 소스, 사이사이에 감초처럼 낀 통조림 파인애플과 체리를 골라 먹느라 정신을 빼놓기 일쑤였다. 탕수육만큼 맛있는 음식은 세상 어디에도 없었다. 어린이에게는 대개 그 정도가 세계의 끝이었다. 그 바깥에는 좀처럼 구경하기 쉽지 않은 '양장피'니 '라조기'니 하는 전설적인 음식들이 있었고, 더 나아가면 가격 대신 빨간색으로 "싯가('시가'가 올바른 표기지만 이렇게 써야만 한다)"라고 적힌, 이름도 모를 무시무시한 신화적 존재들이 버티고 있었다.

어른이 되었다. 중국집 음식이 진짜 중국 음식이 아니라 실은 한식이라는 사실도 알게 되었다. 어릴 적 영웅이었던 짜장면과 탕수육은 시시한 필부로 전락했으며, 메뉴판에 한국어도 제대로 쓰여 있지 않은 가게에서 여기저기 들려오는 중국어와 함께 먹는 음식이 '진짜' 중식이라며 한창 열중했다. 그러나 항상 끝은 있는 법. 중식이란 중식은 대충 한 번씩 먹어봤다 싶을 무렵, 서울 명동의 거리를 거닐다가 눈길을 확 잡아끄는 메뉴를 발견한다. '중식 돈까스'. 마치 '모던하면서 클래식하게, '심플하면서 복잡하게' 같은 느낌으로 아이러니를 담고 있는 그 이름에 나는 그만 '향미'로 빨려 들어갔다.

　　중식을 많이 먹어봤다고 하지만 중국을 비롯해 중화권 나라에는 가본 적이 없다. 게다가 중국이라는 나라는 지역마다 민족, 문화, 언어가 얼마나 다양하고 다른가. 세계에서 가장 가짓수가 많다는 중식에 그 흔한 돼지고기 튀김 요리가 없을 리가 있겠는가. 탕수육도 결국 돼지고기 튀김 요리인데 말이다. 이제는 직접 주문해서 확인하는 수밖에 없다.

　　한글로 또렷하게 "중식 돈까스"라고 써 있는 자체가 사실은 행운이다. '제대로' 한다는 중식 가게 메뉴판을 넘기다 보면 어느 순간 한글이 사라지고 한자로 뒤덮이는 순간을 마주할 때도 있기 때문이다. 중식 돈까스 옆에 쓰인 한자는 排骨飯, '파이구판'이라 읽는다. 직역하면 갈비밥인데 대만 등지에서 많이 먹는 갈비튀김덮밥을 이렇게 부른다고 한다.

　　향긋한 냄새와 함께 대망의 돈까스가 나왔다. 돈까스는 한쪽에 가지런히 자리를 잡았고 밥 위에는 다진 고기와 청경채를 볶아 올렸으며, 계란 한 알이 통째로 자리를 지킨다. 중식이라는 수식어답게 한식이나 일식에서는 잘 느끼기 어려운 향신료 향이 코를 찌르며 식욕을 자극한다.

　　돈까스를 먼저 한 입 먹어본다. 흔히 생각하는 돈까스보다 고기며 튀김옷이며 다 얇은데도 베어 무는 순간 마치 애니메이션에서 효과음으로 넣은 듯한 '바삭' 소리가 머릿속에 울려 퍼진다. 아마도 편의상 돈까스라는 이름을 붙였겠지만 튀김옷부터 완전 다르다. 빵가루를 입혀 바삭하게 튀겨낸 보통 돈까스와 달리 전분만 입혀 튀겼다. 훨씬 가벼우면서 바삭함을 최대한으로 살렸고 여기에 짭조름한 간과 그윽한 향신료가 뒤를 받친다. 특별히 소스가 필요 없으면서도 밥 한 그릇 뚝딱하게 할 훌륭한 돈까스다. 대만에서는 이 중식 돈까스가 소울 푸드나 마찬가지라고 하니 한국에서 김치찌개가, 일본에서는 카레가 가정마다 고유한 맛을 지니듯, 그 맛과 구성이 다양하리라.

　　한 접시에 나오더라도 돈까스와 가니시, 밥이 확연히 자기 영역을 지키며 뒤섞이지 않는 한국식 돈까스에 비해, 볶은 채소가 밥 위에 얹어 나오는 중식 돈까스는 덮밥에 속한다. 돈까스덮밥이라 하면 일본의 카츠동이 비교적 보편화되어 있으니, 두 음식을 비교하면서 먹으면 더욱 재미있다. 일반적으로 우리나라에 알려진 카츠동은 돈까스 위에 계란과 소스를 끼얹어 만든다. 따라서 돈까스 단품에 비해 바삭한 맛은 떨어지기 마련. 그러나 중식 돈까스는 바삭한 돈까스와 채소 볶음을 따로 만들어 덮밥이면서 바삭한 튀김도 온전히 즐길 수 있다는 점이 특징이다.

귀한 손님이 하나 더 있다. 요즘 좀처럼 보기 어려운 계란국이다. 예전에는 '볶음밥에는 계란국'이 당연한 공식이었다. 그런데 언젠가부터 편의성 때문인지 대개 짬뽕 국물로 대체된 지 오래다. 기름을 많이 쓰는 식사에 얼큰한 짬뽕 국물이 어울린다고 할 수도 있겠지만, 짬뽕 국물은 맵고 맛이 강하기 때문에 곁들이는 국물이 오히려 메인 음식 맛을 방해한다는 인상을 주기도 한다. 그에 비해 계란국은 부드럽게 입맛을 돋우기 때문에 훨씬 나은 선택지다. 특히 이 중식 돈까스와는 최고의 상성을 자랑한다. 일설로, 여전히 우동을 하는 중국집, 그리고 아직도 계란국을 고수하는 중국집이 진짜 맛집이라고 하는데 절로 수긍이 가는 이야기다.

향미(鄉味)라는 이름은 고향의 맛을 뜻하는 걸까? 실제로 중화권에서 중식 돈까스를 먹어본 적이 없어 본토의 맛이 어쩌고저쩌고 말할 수 없는 처지이나, 마치 어린 시절 읽었던 외국 소설에 나오는 생소한 음식을 동경하듯 사무치게 그리움을 주는 한 끼였다. 이유 모를 향수병을 느끼고 돌아온 기분이 랄까.

■ 향미(명동점)

주소	서울 중구 남대문로 52-5
전화번호	02-773-8835
영업시간	11:30~22:00
휴무일	일요일
가격	중식 돈까스 9,000원

혼이 담긴
밥상

<u>Spot</u> 카츠 바이 콘반
<u>Menu</u> 로스카츠

혹시 스웨덴인 친구네 집에 놀러 가면 밥때가 되어도 밥을 주지 않는다는 이야기를 들어본 적 있는가? 얼마 전 SNS에서 최초로 제기된 이야기에, 전 세계인이 하나로 뭉쳐 이 '천인공노'할 관습을 성토한 사건이 있었다.

친한 스웨덴 친구에게 이 사건의 발단이 된 글을 보여주니, 자신은 단 한 번도 친구네 놀러가서 밥을 굶은 적이 없다며 의아해했다. 인터넷상의 일부 스웨덴 사람은 밥 안 주는 관습을 시인하기도 했지만, 전체적으로 따져보면 대세라 할 만큼 많은 사람들이 이런 야박한 접대 문화를 고수하지는 않는 듯하다. 나 역시 스웨덴에 머무르는 동안 융숭한 대접을 여러 번 받으면 받았지, 손님에게 밥도 주지 않는 그런 쩨쩨한 사람과는 만난 적이 없다.

이 사건에서 특히 우리나라 사람들에게 공분을 산 지점

은 바로 손님만 쏙 빼놓고 자기들끼리만 식사를 했다는 점이었다. 집에 먹을 게 없었거나 다른 이유로 아무도 식사를 하지 않는 상황이었다면 이해할 수도 있다. 하지만 손님인 친구만 방에 덩그러니 남겨두고 가족들끼리 식사를 하는 상황은 누가 들어도 쉽사리 납득할 수 없는 일이다. 쌀 한 톨, 콩 한 쪽도 나눠 먹어야 하고, "한국인은 밥심"이 관용구처럼 쓰이는 나라에서는 도저히 받아들일 수 없는 행태이리라.

밥에 진심인 나라라는 게 무색하게도 대중식당에서 밥한 끼를 먹다 보면 여전히 밥이 아쉬울 때가 많다. 30인분 대량 전기밥솥에 가장 저렴한 혼합미로 밥을 짓는 가게도 부지기수. 한국인은 밥심이라지만, 오히려 식당에서 가장 신경을 쓰지 않는 요소가 밥이라 해도 반박하기 어려울 지경이다. 아무래도 메인 메뉴에 힘을 주면서 가격을 적정선에 맞추기 위해 가장 먼저 희생되는 게 결국 쌀, 밥이다.

나 또한 식당 사장님들의 고충이 십분 이해는 되지만 그럼에도 밥이 정말 맛있는 한 끼가 간절할 때가 있는 법. 그러니 우연히 훌륭한 밥을 내주는 가게를 만나면 그렇게 기쁠 수 없다. 내가 최근에 만난 밥맛 좋은 가게 중에는 현재 우리나라 돈까스 트렌드의 최정점에 서 있는 '카츠 바이 콘반'이 있다.

서울 강남구 도산공원 근처에 위치한 카츠 바이 콘반은

모던하고 세련된 분위기로 트렌디한 가게의 특징을 잘 갖추고 있다. 요즘 유행인 앱을 통한 원격 줄서기를 이용하면 가게 앞에서 무작정 기다리는 시간을 대폭 줄일 수 있다. 가게 안에는 2인, 4인 테이블 대신 긴 테이블을 가운데에 두고 마주 앉게 만들어 카운터석과 테이블석의 장점을 취하면서 공간 활용을 극대화했다. 주문하고 음식이 나오기를 기다리며 홀과 주방 직원들이 척척 움직이는 모습을 보고 있으면, 톱니바퀴처럼 맞물려 돌아가는 거대한 시스템 같은 느낌을 준다.

오픈 키친에서 조리되어 나온 돈까스가 옆자리 손님의 테이블 위에 오르기까지의 과정을 힐끗거리는 사이, 어느새 내가 주문한 정갈한 로스카츠 한 상이 눈앞에 펼쳐진다. 먼저 돈까스부터 훑어본다. 고기와 지방의 비율이며, 튀겨낸 상태와 빛깔 모두 나무랄 데 없이 훌륭한 돈까스다. 구수한 밥 냄새와 함께 건더기가 충실한 미소된장국, 샐러드와 소스들이 보조를 맞춘다. 소금을 같이 내는 가게들 중에는 돈까스에 밑간을 제대로 하지 않고 전적으로 찍어 먹는 소금에 간을 맡기는 곳이 있지만, 콘반은 밑간을 충실히 했기에 오로지 맛을 주는 포인트로만 소금을 활용할 수 있어 먹는 즐거움을 배가한다. 돈까스 한 조각마다 소금, 와사비, 돈까스소스를 달리 곁들여 즐기다 보면 금세 마지막 조각을 입에 넣으며 아쉬워하는 자신과 마주하게 된다.

돈까스만으로도 충분히 최상급 실력을 자랑하지만, 완벽한 식사는 역시 밥을 빼놓고는 이야기할 수 없는 법. 돈까스 사이사이에 한 번씩 먹는 밥이 이 밥상의 화룡점정이다. 적절한 찰기에 알맞은 단단함, 영롱한 빛깔까지⋯. 좋은 쌀로 공들여 지었을 때에 비로소 맛볼 수 있는 최상의 밥이다.

같은 동아시아여서 그럴까? 이웃 나라 일본도 우리 만만치 않게 밥에 진심이다. 외국 음식이 일본에 들어와서 현지화가 될 때 핵심은 밥과 함께 먹을 수 있게 만드는 데에 있다. 카레가 그렇고 돈까스가 그렇다. 심지어 교자라 부르는 만두 역시 발상지인 중국에서는 메인 메뉴이지만, 일본에서는 밥, 국과 함께 먹는 반찬으로 자리매김했다. 원래는 코스 요리의 일부이거나 혹은 여럿이 함께 모여 먹는 음식도 일본에 들어와 현지화를 거치면, '정식' 혹은 '세트'라는 이름을 달고 밥과 국에 곁들여 먹는 1인분 음식으로 거듭난다. 한국인이 무엇이든 김치로 만들어보려고 한다면 일본인은 무엇이든 밥과 국에 어울리는 반찬으로 탈바꿈하려 한다.

밥에 진심이고자 한다면 당연히 원재료인 쌀에도 진심이어야 한다. 일본곡물검정협회에서는 매년 대량 산지에서 생산되는 쌀을 중심으로 외관·향·맛·단단함·점도·종합평가 등

여섯 가지 항목으로 등급을 매겨 발표한다. 고시히카리, 히토메보레, 기누무스메, 히노히카리 등의 품종이 특히 질 좋기로 유명하다. 도쿄의 라이프스타일숍 '아코메야'에서는 여러 품종의 쌀과 농산물을 함께 팔며 동시에 그 쌀로 밥을 짓는 레스토랑을 같이 운영하기도 한다. 한 가지를 깊게 파고드는 일본의 장인 정신에 쌀 사랑과 농업기술이 어우러져 이러한 쌀 문화가 탄생했다 해도 과언이 아닐 것이다.

우리나라 역시 최근에는 신동진, 오대, 삼광 등 다양한 품종의 쌀을 재배하고, 선호하는 맛·식감·향·즐겨 먹는 요리에 따라 쌀을 추천해주는 쌀 편집매장이 생기는 등 이전보다 선택권이 넓어진 느낌이다. 요즘 대세인 '정기구독' 형식과 빠르고 간편한 택배의 이점을 접붙여 정기적으로 신선하고 맛 좋은 쌀을 엄선해 배송해주는 '쌀 구독' 서비스도 1인 가구 사이에서는 유행이라고 하니 밥을 사랑하는 우리의 격에 맞는 문화가 비로소 자리 잡고 있는 듯하다.

너무나 당연한 일상이 매일 흐르다 보면 감각이 무뎌져 곁에 있는 존재를 까맣게 잊고 살다가 어떠한 계기로 그 소중함을 깨닫는 일이 가끔 있다. 조금 과장하면 콘반의 밥을 먹는 순간 퍼뜩 그런 깨달음이 찾아왔다. '아, 그렇지, 밥이 원래 이렇게 맛있는 거였지…' 일본이 자랑하는 정식의 완성이자 한국인이 사랑하는 밥의 이데아라고나 할까? 식사를 마치고 젓가락을 내려놓는 순간, 돈까스도 돈까스지만 '밥 한 끼 잘 먹었다'는 생각이 절로 든다.

그러고 보면 가게 이름인 일본어 콘반은 한자로 쓰면 魂飯, 즉 '혼이 담긴 밥상'이라는 뜻일 테니 이름에서 이미 정체성을 뚜렷이 나타낸다 할 수 있겠다. 한국인은 밥심이라는 말을 수긍한다면 혼이 담긴 이 한 상을 꼭 맛보기를. 맛있는 밥 없이는 맛있는 돈까스도 없다.

■ 카츠 바이 콘반

주소	서울 강남구 선릉로153길 36
전화번호	0507-1332-3903
영업시간	11:30~20:30 / 브레이크타임 15:30~17:30
휴무일	연중무휴
가격	로스카츠 15,000원

커피와
카츠산도

Spot 커츠
Menu 카츠산도

'빠다코코낫'이라는 과자를 모르는 사람은 많지 않으리라. 단박에 알 수 있는 일본어식 발음, 하지만 이것을 '버터코코넛'으로 바꾼다면 아마 그 느낌이 살지 않겠지. 빠다코코낫은 빠다코코낫이어야만 비로소 그 달달한 맛과 풍미를 떠올릴 수 있다. 버터코코넛이라니, 어디 고급 과자점에서 7,000원은 줘야 먹을 수 있을 듯한 불길한(?) 이름 아닌가?

과자나 아이스크림류는 일본을 통해 들어왔거나 그대로 베낀 사례가 특히나 많아 이름에서도 일본어 발음이 그대로 남아 있는 제품이 많은 편이다. '붕어싸만코' 역시 할 말이 많은 아이스크림이다. 붕어야 붕어 모양 아이스크림이니 직관적으로 이해되지만, 싸만코는 대체 어디에서 온 말인가? 설명 없이는 단번에 뜻을 알아차리기 어려운 말로, 일단 공식적으로는 "싸고 많고"를 줄인 말이라고는 하는데, 조금만 더 생각해보면 석연치 않은 구석이 있다.

90년대 초반 처음 나온 붕어싸만코는 출시 당시 선풍적인 인기를 끌었다. 그런데 지금 봐도 그렇지만, 이 아이스크림을 한마디로 설명하는 제품명에 '싸다'와 '많다'를 넣기에는 특별히 가격이 싸지도 양이 많지도 않다. 원래 우리에게 붕어 모양으로 익숙한 것은 아이스크림이 아닌 붕어빵인데, 붕어 모양 과자에 팥과 함께 아이스크림까지 넣어 시원하게 먹을 수 있다는 점이 이 제품의 가장 큰 특징이라 할 수 있다.

그렇다면 '썰'로 나도는 싸만코의 진정한 유래, 서머(summer)를 일본어식으로 발음한 사마(サマー)와 팥을 뜻하는 앙코(あんこ)가 합쳐져 싸만코가 탄생했다는 주장이 훨씬 설득력 있다. 일본에 같은 이름 제품이 있었다면 '빼박'이었겠지만, 확실한 자료는 찾을 수가 없으니, 제품명을 그대로 가져다 쓴 것도 아닌데 굳이 일본어로 이름을 지었겠느냐고 반박한다면 할 말이 없는 것도 사실이다. 어찌됐든 진실은 이름을 지은 사람만이 알고 있으리라.

일본어식 제품명과 관련된 재미있는 사례가 또 있다. 빠다코코낫과 마찬가지로 유서 깊은 과자인 '크라운산도' 이야기다. 산도(サンド)는 샌드위치(sandwich)의 샌드를 일본식으로 발음한 단어인데, 영어식 발음인 샌드로 이름을 바꾸었다가 매

출이 떨어져 원상 복귀한 사건이 있었다. 특히 크라운산도는 무려 60년대에 처음 출시된 과자라 그런지, 오랫동안 써온 이름을 바꾸었을 때 이질감이 더 크게 느껴졌는지도 모르겠다. 이와 같이 설령 표기법에 어긋난다 하더라도 이미 언중에게 익숙한 이름을 바로잡기란 생각만큼 쉬운 일이 아니다.

앞서 이야기했듯 도넛에 대응하는 도나쓰, 샐러드에 대응하는 사라다처럼 우리는 영어식 발음의 음식과 일본어식 발음의 음식을 직관적으로 서로 다른 음식으로 구별한다. 그런데 영어의 샌드위치에 대응하는 '산도잇치'는 우리나라에서 쓰지 않는 말이다. 대신 몇몇 샌드위치에는 "산도"라는 말이 붙는데, 대개 일본에서 건너온 샌드위치들로 후르츠산도, 카츠산도 등이 있다. 흔히 샌드위치라고 하면 빵 사이에 햄이나 소시지 등 육류와 신선한 채소를 함께 넣은 음식을 떠올릴 텐데, 산도라고 하면 대개는 조리 과정이 더 복잡한 편이다. 카츠산도처럼 이미 그 자체로 완성된 음식인 돈까스를 빵 사이에 끼워 넣거나, 계란으로 만드는 타마고산도처럼 속 재료(빵 사이에 넣을 도톰한 계란말이)를 따로 만들어야 하기 때문이다. 결국 넓게 보면 산도는 샌드위치라는 말을 빌렸을 뿐 조리 빵으로 볼 수 있고, 따라서 조리 빵 대국인 일본에서 발전한 것이리라.

이러한 산도 중에서도 돈까스가 들어가는 카츠산도는

돈까스와 빵 사이에 적당히 걸쳐 있는 음식이라 특유의 재미가 있다. 돈까스 전문점에서도 파는가 하면, 일본의 다방인 깃사텐(喫茶店)에서도 단골 메뉴로 등장하는데, 요즘에는 우리나라에서도 다양한 형태의 가게에서 카츠산도를 맛볼 수 있다. 여기에서는 그중에서도 독특한 재미를 주는 가게, 서울 신수동에 위치한 '커츠'를 소개해볼까 한다.

CATSU라 쓰고 커츠로 읽는 이 가게 이름은 단 다섯 자이지만 많은 궁리를 했다는 게 느껴진다. 커피(coffee)와 카츠(katsu)를 조합해 만들었겠지만 카츠나 캐츠로 읽지 않고 커피를 함께 한다는 뉘앙스를 살리기 위해 커츠로 읽는 것이리라. 여기에 끝이 '쓰'가 아닌 '츠'라는 사실이 일본식 돈까스를 내는 가게라는 점을 암시한다. 커피와 돈까스라니 조금 알쏭달쏭한 조합인데, 과연 어떤 식으로 음식을 낼까?

일본의 깃사텐에서는 음료와 더불어 경양식을 내는 게 흔하므로 돈까스와 커피의 조합이 아주 어색한 것만은 아니다. 그래서 커츠에 방문하기 전, 흔히 '쇼와(昭和. 일본의 연호로 1926년 12월 25일부터 1989년 1월 7일까지를 말한다. 특히 이때에는 '버블시대'라 통칭하는 일본 경제 역사상 가장 호황을 누린 시절이 포함된다) 감성'이라 일컫는, 깃사텐 특유의 레트로한 가게 분위기를 예상했는데, 실제로는 그보다 훨씬 모던한 느낌이면서 오히려 라멘집에 가까운 분위기다. 자그마한 내부에는 카운터석 일곱 자리가 전부. 사장님 두 분은 부부인데, 각자 돈까스와 커피를 업으로 해왔기 때문에 '그럼 둘이 같이 가게를 해보면 어떨까?' 하여 시작했다고 한다.

식사 메뉴로 돈까스도 있지만 오늘은 카츠산도를 맛보기 위해 왔으므로 카츠산도를 주문한다. 커피를 함께 마시는 편이 나을지 혹은 입가심으로 하는 게 나을지 몰라 일단은 무난하게 탄산음료를 함께 주문한다. 돈까스가 들어간다고는 해도 샌드위치치고 가격이 만만치 않다는 생각을 했지만, 이윽고 나온 카츠산도를 보고서 바로 납득했다. 이런 음식이면 이 가격 받으셔야지.

가브리살이 붙은 두툼한 등심을 통째로 썰어 빵 사이에 끼운 샌드위치가 네 쪽에, 양배추로 만든 코울슬로가 가니시로 곁들여 나온다. 이러한 카츠산도 혹은 돈까스샌드위치는 종종 양배추 샐러드를 돈까스와 함께 빵 사이에 끼워 내기도 하는데, 샌드위치라는 음식의 본질을 생각한다면 같이 끼워 내는 편이 더 맞겠지만, 일반적인 샌드위치에 들어가는 육류가 햄처럼 차가운 재료인 반면 갓 튀긴 돈까스는 뜨겁기 때문에, 여기에 채소류를 같이 넣는 행위는 재료를 살리는 면에서는 그리 좋지 못한 선택이다. 편의점에서 흔히 볼 수 있는 돈까스샌드위치 역시 나중에 전자레인지에 데워 먹으면 이러한 점이 거슬리기 마련인데, 가게에서 바로 먹는다면 커츠의 카츠산도처럼 양배추를 따로 내는 편이 더 맛있게 즐기기에 좋다.

　　돈까스에 밥과 국, 반찬까지 같이 나오는 정식은 아무래도 접시가 넓은 반면, 샌드위치만 딱 나오는 카츠산도는 차림 면에서 훨씬 간소화할 수 있다. 비교적 작고 단출한 차림에 맞춰 양배추 샐러드 대신 코울슬로를 내주는 점도 눈에 띈다. 옆자리 손님의 접시를 힐끔 보고는 감탄을 금치 못했는데, 돈까스에는 코울슬로가 아닌 정석대로 양배추 샐러드가 나왔기 때문이다. '편의성'에 사로잡혀 부수적인 구성 요소를 통일해 버리면 운영은 쉽지만 그만큼 완성도는 떨어진다. 게으름에 빠지지 않고 오로지 샌드위치 메뉴를 위해 코울슬로를 따로 만들었다는 점에서 이미 음식을 대충 하지 않는다는 진심을 느낄 수 있었다.

　　가브리살이 붙은 등심은 조각마다, 또 한 입 베어 물 때마다 맛이 다르다. 더욱이 밥과 함께 먹던 돈까스를 이렇게 샌드위치로 먹으니 그 느낌이 새삼 다르게 다가온다. 샌드위치는 먹기 편하다는 특장점을 지닌 반면, 포만감을 느끼기 전에 너무 많이 먹어 쉬이 과식을 부르는 음식이기도 하다. 아니나 다를까, 과식까지는 아니지만 생각했던 것 이상으로 배가 불러왔다.

여기에 기름진 등심을 먹었으니 아무리 탄산음료를 곁들였다 한들 산뜻한 커피 한 잔 생각이 절로 나지 않을 수 없다. 이러한 순간에 같은 자리에서 바로 커피를 마실 수 있으니 이 또한 얼마나 행복한가?

비교적 흔한 에스프레소 메뉴 사이에서 필터 커피라는 이름이 홀로 존재감을 드러낸다. 가격이 써 있지 않고 따로 문의해달라는 이른바 '싯가'가 아닌가? 게임에서도 보스 캐릭터는 HP가 보이지 않는 경우가 많다. 그러니 이럴 때에는 끝판왕을 고르는 게 정답이지.

사장님께 여쭤보니 이날은 원두가 두 종류가 있었는데, 나는 좀 더 산미가 많은 커피로 주문했다. 핸드드립은 대개 따뜻하게 마시는 편이지만 내가 주문한 커피는 아이스가 더 어울린다는 사장님의 말에 그렇게 따르기로 했다.

가게 방문 전에 인터넷에서 이런저런 정보를 찾아보다가 커츠는 필터 커피가 정말 훌륭한 집인데 돈까스 맛집으로만 유명해진 듯하여 조금 속상하다는 취지의 글을 본 적이 있다. 커피를 한 모금 머금은 순간, 그 글을 쓴 분이 어떤 기분으로 그런 이야기를 했는지 단숨에 이해했다.

커피와 딸려 온 테이스팅노트에 적힌 그대로 자몽과 리치, 레몬그라스의 뉘앙스가 물씬 풍기는 세련되면서도 한층 절제된 맛과 향이 혀와 코를 통해 감각을 자극한다. '이걸 처음부터 카츠산도와 함께 먹었어야 했는데!' 조금 전에 멋모르고 탄산음료를 시켜 물배를 채운 것이 너무나도 후회될 만큼 맛있는 커피다.

그러고 보니, 돈까스를 빵 사이에 끼운 카츠산도에 양배추 코울슬로, 여기에 커피를 더하면, 밥과 국이 딸려 나오는 일본식 돈까스 정식을 구성 요소별로 재해석한 차림이 된다. 서양에서 건너온 커틀릿을 밥과 곁들여 먹는 정식으로 만든 돈까스, 이를 다시 서양식으로 재해석한 카츠산도와 커피. 이렇게 돌고 도는 음식 간의 관계를 생각하니 더욱 흥미진진한 식사가 되었다.

가게 분위기와 콘셉트, 음식 구성과 완성도, 거기에 친절한 접객까지 무엇 하나 거를 구석이 없는 재미있는 가게 커츠. 샌드위치 메뉴로는 새우튀김을 넣은 에비산도가 더 있고, 정식 메뉴에 그때마다 바뀌는 필터 커피까지 매번 새로운 조합을 즐길 수 있으니 그야말로 천의 얼굴을 가진 가게라 하겠다. 즐길 거리가 부지기수로 많고 매사에 쉬이 질리는 현대인들의 특성을 생각해본다면, 갈 때마다 다른 재미를 주는 이런 가게에 손님의 발걸음이 끊이지 않는 건 어쩌면 당연한 일일지도 모르겠다.

■ 커츠

주소	서울 마포구 독막로28길 58
전화번호	0507-1402-6042
영업시간	화~토요일 11:30~20:00 / 브레이크타임 15:30~17:00
휴무일	월요일, 일요일
가격	카츠산도 12,000원 / 로스 정식 14,000원

전격 비교! 집에서 즐기는 냉동 돈까스

코로나 팬데믹이 장기화되자 외식을 줄이는 대신 배달 음식을 시켜 먹거나 이참에 집에서 직접 요리해 먹는 사람이 늘어났다. 또한 이 미 몇 년 전부터는 누구나 빠르고 쉽게 조리할 수 있는 에어프라이 어가 주방 필수템의 자리를 차지하고 있으니 과거와는 비교할 수 없 을 만큼 냉동식품의 수준도 일취월장했다.

미식 생활의 묘미는 맛집 탐방이겠지만, 가끔은 집에서 휘리릭 한 끼 때우고 싶을 때도 있는 법. 이 실험은 '집에서도 간편하고 맛있게 돈까스를 만들어 먹을 수 있을까?'라는 의문에서 시작되었다. 이에 시중에서 판매하고 있는 네 가지 종류의 통등심 돈까스를 에어프라 이어와 오븐으로 조리해 비교, 분석해보았다.

어떤 돈까스가 당신의 입맛에 딱 맞을지 하나하나 살펴보자.

❶ 실험 설계

각 제품마다 에어프라이어와 가정용 소형 오븐으로 조리하여 맛과 특징을 비교했다. 에어프라이어 조리는 제품 포장면의 조리 예를 따랐고, 오븐 조리는 에어프라이어와 같은 시간으로 하되 조리 온도를 230도에 맞춰 진행했다.

제품명	고메 바삭튀겨낸 돈카츠 통등심	통등심 돈카츠	퀴진 크리스피 돈까스 통등심	등심통돈까스
제품사	CJ	풀무원	동원	롯데푸드
중량	450g(3개)	450g(3개)	480g(4개)	300g(2개)
가격	7,480원	7,300원	5,070원	4,840원
특징	마늘분말	돼지고기 55%	양파분말	생강가루
열량(개당)	480kcal	385kcal	340kcal	430kcal

* 가격은 2022년 10월 인터넷 최저가 기준으로 추후 바뀔 수 있습니다.

• 고메 바삭튀겨낸 돈카츠 통등심(CJ)

튀김옷의 빵가루 입자가 가장 굵다.
이름을 참 잘 지었는데, "바삭튀겨낸
(빵가루가 굵고 단단함)", "돈카츠(일본
식)", "통등심(고기 그대로)"으로 내세
우고자 하는 특징을 함축적으로 드
러내기 때문이다. 튀김옷을 중시해서인지 중량당 열량이 가장 높다.
특징으로는 마늘분말을 넣어 아스라이 마늘 맛이 느껴진다는 점. 이
때문에 호불호가 갈릴 수 있다. 에어프라이어는 열풍으로 건조하는
조리 방식이다 보니 에어프라이어에 조리하면 '바삭'보다는 '단단'
에 가까운 느낌으로 익혀진다. 오븐에 조리하면 이보다 부드럽고 더
맛있다.

• 통등심 돈카츠(풀무원)

직관적인 제품명만큼이나 가장 균형
이 잘 맞는 돈까스다. 다른 제품들의
돼지고기 함량이 46~47%인 반면 유
일하게 55%로 가장 높다. 다른 제품
들도 고기는 모두 통등심이므로 고
기 함량이 높다는 말은 튀김옷보다 고기 비중이 높다는 뜻인데 그래

서인지 열량도 가장 낮다. 밑간이 잘 되어 있어 돈까스 자체를 즐기는 사람이라면 소스 없이도 충분히 먹을 만하다. 다른 제품들이 마늘, 양파, 생강 등으로 맛을 보조하는 반면, 고기 맛으로 우직하게 밀고 나가는 느낌이다. 오븐에 조리하면 약간 질척이는 식감이라 에어프라이어에 조리하는 편이 낫다.

.

• 퀴진 크리스피 돈까스 통등심(동원)

비교 제품군 중 가장 고기가 얇다. 두드러지는 특장점은 없지만 그렇다고 맛이 심하게 뒤처지는 편은 아니므로 가성비 중심으로 구매하는 사람에게는 좋은 선택지가 될 수 있다. 또 CJ와 풀무원 제품은 한 봉지당 3개씩 들어 있어 한 끼를 먹을 때 1개는 조금 아쉽고 2개는 약간 많을 수 있는데, 이 제품은 개당 중량은 약간 적으면서 4개가 들어있기 때문에 2개씩 두 번에 걸쳐 먹을 수 있어 좋다. 에어프라이어와 오븐 어느 쪽에서 조리해도 결과물이 거의 같았다.

- 등심통돈까스(롯데푸드)

고기가 가장 두꺼워서인지 다른 제품들보다 조리 온도가 높고 조리 시간이 길다. 두꺼운 돈까스는 자칫 잘못하면 너무 뻑뻑하여 먹기 힘들 수도 있는데, 에어프라이어에 조리했음에도 속이 충분히 촉촉하여 놀랐다. 밑간이 잘 되어 있는 점도 장점이다. 비교 제품군 중 유일하게 개별 포장이 되어 있어 깔끔하고, 특히 한 끼에 1개면 충분한 사람에게 좋은 선택지다. 생강가루를 비롯해 여러 향신료를 사용해서 향신료 맛이 좀 두드러지는 편이다. 이 때문인지, 뒷맛이 좋게 말하면 복잡하고 나쁘게 말하면 잡스러워 호불호가 갈릴 수 있다.

❸ 총평

인스턴트 라면이나 냉동 만두를 먹을 때마다 식품공학의 위대함을 느끼곤 하는데, 냉동 돈까스 역시 예전과는 비교할 수 없을 만큼 눈부시게 발전했다는 점에서 새삼 놀랐다. 더욱이 정통 조리법으로 직접 튀기는 게 아니라 기름도 없이 에어프라이어나 오븐에 조리하는 것만으로 이런 맛을 내다니 과거에는 상상이나 했을 일인가? 이번에 비교 실험한 제품들은 특히 통등심을 강조한 제품들로 완성도가 높은 편이라 어느 제품을 고르더라도 최소한의 맛은 보장한다는 점이 좋다.

　기본에 충실하며 고기 맛이 확실한 돈까스를 선호한다면 풀무원, 튀김옷의 바삭바삭함에 더 중점을 둔다면 CJ 제품을 추천한다. 촉촉하면서도 고기가 두꺼운 돈까스가 취향이라면 롯데푸드 제품이 매력적일 것이며 가성비와 간편함을 생각하면 동원 제품도 썩 훌륭하다. 제품 포장에 기재된 조리 예를 그대로 따랐으나, 에어프라이어의 성능에 따라 조금씩 차이가 있을 수 있고 또 각자 취향이 다르므로, 하나씩 먹어보며 자신에게 가장 맞는 돈까스를 찾아보는 과정을 즐겨보는 것도 재미있으리라.

서울·경기 돈까스 지도

* 잠정 휴업 중인 가게는 제외했습니다.

돈까스 테이스팅노트

가게 이름

....

시식날짜

....

메뉴

....

가격

....

외관

....

소스

☆☆☆☆☆

튀김

☆☆☆☆☆

반찬

☆☆☆☆☆

접객

☆☆☆☆☆

분위기·위생

☆☆☆☆☆

재방문 의사

없음 ☐　　　있음 ☐

총평

....

....

....

....

가게 이름

....

메뉴

....

외관

....

소스

☆☆☆☆☆

접객

☆☆☆☆☆

총평

....

....

....

....

시식날짜

....

가격

....

튀김

☆☆☆☆☆

분위기·위생

☆☆☆☆☆

반찬

☆☆☆☆☆

재방문 의사

없음 ☐   있음 ☐

가게 이름

....

시식날짜

....

메뉴

....

가격

....

외관

....

소스	**튀김**	**반찬**
☆☆☆☆☆	☆☆☆☆☆	☆☆☆☆☆

접객	**분위기·위생**	**재방문 의사**
☆☆☆☆☆	☆☆☆☆☆	없음 ☐ 있음 ☐

총평

....

....

....

....

가게 이름

....

메뉴

....

외관

....

소스	튀김	반찬
☆☆☆☆☆	☆☆☆☆☆	☆☆☆☆☆

접객	분위기·위생	재방문 의사
☆☆☆☆☆	☆☆☆☆☆	없음 ☐　　　있음 ☐

총평

....

....

....

....

돈까스를 쫓는 모험

첫판 1쇄 펴낸날 2022년 10월 25일

지은이 이건우
발행인 김혜경
편집인 김수진
책임편집 김유진
편집기획 김교석 조한나 김단희 유승연 임지원 곽세라 전하연
디자인 한승연 성윤정
경영지원국 안정숙
마케팅 문창운 백윤진 박희원
회계 임옥희 양여진 김주연

펴낸곳 (주)도서출판 푸른숲
출판등록 2003년 12월 17일 제2003-000032호
주소 경기도 파주시 심학산로 10(서패동) 3층, 우편번호 10881
전화 031)955-9005(마케팅부), 031)955-9010(편집부)
팩스 031)955-9015(마케팅부), 031)955-9017(편집부)
홈페이지 www.prunsoop.co.kr
페이스북 www.facebook.com/prunsoop **인스타그램** @prunsoop

ⓒ 이건우, 2022
ISBN 979-11-5675-997-3 (03810)